세상에
둘도 없는

세상에 둘도 없는

발행일	2024년 9월 30일

지은이	오세영		
펴낸이	손형국		
펴낸곳	(주)북랩		
편집인	선일영	편집	김은수, 배진용, 김현아, 김다빈, 김부경
디자인	이현수, 김민하, 임진형, 안유경, 신혜림	제작	박기성, 구성우, 이창영, 배상진
마케팅	김회란, 박진관		
출판등록	2004. 12. 1(제2012-000051호)		
주소	서울특별시 금천구 가산디지털 1로 168, 우림라이온스밸리 B동 B111호, B113~115호		
홈페이지	www.book.co.kr		
전화번호	(02)2026-5777	팩스	(02)3159-9637
ISBN	979-11-7224-300-5 03810 (종이책)		979-11-7224-301-2 05810 (전자책)

잘못된 책은 구입한 곳에서 교환해드립니다.
이 책은 저작권법에 따라 보호받는 저작물이므로 무단 전재와 복제를 금합니다.
이 책은 (주)북랩이 보유한 리코 장비로 인쇄되었습니다.

(주)북랩 성공출판의 파트너

북랩 홈페이지와 패밀리 사이트에서 다양한 출판 솔루션을 만나 보세요!

홈페이지 book.co.kr • 블로그 blog.naver.com/essaybook • 출판문의 book@book.co.kr

---

작가 연락처 문의 ▶ ask.book.co.kr

작가 연락처는 개인정보이므로 북랩에서 알려드릴 수 없습니다.

오세영 장편소설

세상에
둘도 없는

북랩

차례

제1부

1. 꿈과 망상 — 2004 ⋯ 11
2. 이래도 말, 저래도 말 — 2004 ⋯ 14
3. 패배의 연가 — 2004 ⋯ 23
4. 철모 속의 미녀 — 1950 ⋯ 29
5. M. M. — 1950 ⋯ 35
6. 함부로 못 할 말 — 1954 ⋯ 42
7. 베트남, 뜻밖의 여정 — 1965 ⋯ 46
8. 마이티 식스틴 — 1965 ⋯ 50
9. 조상 탓, 조상 덕 — 1966 ⋯ 53
10. 억울한 구렁이 — 1966 ⋯ 59
11. 목적지: 코네티컷 하트퍼드 — 1975 ⋯ 69
12. 그들만의 장벽 — 1978 ⋯ 73
13. 비극의 시작 — 1980 ⋯ 75

제2부

14. 그렇게 열린 문 — 1987 … 81
15. 미완의 향기 — 1987 … 83
16. 그녀의 버킷 리스트 — 1987 … 88
17. 나만 아니면 돼 — 1988 … 92
18. D. P. — 1988 … 98
19. 펼쳐진 낙하산 — 1989 … 105
20. 선택 없는 선택지 — 1992 … 108
21. 태풍의 흔적 — 1992 … 112
22. 플라스틱 풍선 — 1993 … 116
23. 끝나지 않는 마침표 — 1995 … 121
24. 아디스 아바바 — 1995 … 129
24. Easy come — 1995 … 132
26. Easy go — 1995 … 136
27. 스팸 원정대 — 1997 … 142
28. 가짜 약을 산 약장수 — 1997 … 147
29. 아무도 모르는 족보 — 1997 … 149
30. 그 시골 노인 — 1997 … 152

31. 모하마두 패밀리 — 1997　　　⋯ 157

32. 레알 모하마두 — 1997　　　⋯ 162

33. 구멍 난 댐 — 1997　　　⋯ 164

34. 클린룸? clear! — 1997　　　⋯ 166

35. Bad, Worse, Worst — 1997　　　⋯ 171

36. 수줍은 고백 — 1997　　　⋯ 176

37. 다 타버린 연탄 — 1998　　　⋯ 180

38. 숨겨진 고통 — 2004　　　⋯ 182

39. 다른 자의 시선 — 2005　　　⋯ 185

40. 잠시 스쳐 간 향기 — 2005　　　⋯ 189

41. 사십구재 — 2005　　　⋯ 196

42. 세상에 둘도 없는 — 2005　　　⋯ 200

글을 마치며　　　⋯ 202

애초에 자상함과는 거리가 멀었고 주사까지 있어 가족들에게는 악몽 같았던 아버지. 그러나 출중한 능력과 덕망으로 지인들에게 오히려 존경받았던 아버지....

나는 기억력이 그다지 좋지 않다. 아니, 솔직히 말하자면 대다수 사람처럼 외우는 것 자체가 짜증 나고 싫었고 여기에 타고난 게으른 성격도 한몫했다.

그런데도 이 소소한 기억을 떠올려 글을 쓰는 이유는 험난했던 우리 근현대사의 흐름 속에서 너무나도 기구하고 극적인 삶을 살았던 아버지와 가족이라는 천륜 때문에 어쩔 수 없이 함께 살아야 했던 자식으로서의 원망과 애증 때문이다.

여전히 아버지의 이중성에 치가 떨리지만 이제 당신은 고인이 되셨으니 원망보다는 조금이라도 이해하려는 마음으로 당신의 인생을 재조명해보려 한다.

여기에 한 가지 당부의 말씀을 더하자면, 아버지는 가족들에게 워낙 무뚝뚝하고 일상 대화조차 없었기에 이 글이 당신의 속내까지 모두 드러낼 수 있을지는 모르겠다. 그러나 당신은 이미 떠난 사람이니 조금 다르게 본들 어떻겠는가?

아니면 남은 자식의 소심한 복수라 여기고 읽어주셨으면 한다.

1. 꿈과 망상 — 2004

시계 알람이 곧 오전 8시를 알릴 참이었지만, 준욱의 손이 조금 더 빨랐다.
'이 빌어먹을 경마를 끊든가 해야지, 휴일에 늦잠도 못 자고!'
사흘 전에 마신 맥주 캔은 여전히 책상 위를 굴러다니고, 방 안의 물건들은 제자리에 있는 게 하나도 없을 정도로 멋대로 흩어져 있었지만, 휴일 오전 기상 시간만큼은 신기할 정도로 몸이 먼저 나서서 챙겼다. 심지어 새벽 3시에 겨우 잠들었을 때조차 그랬다.
전날 밤, 다가오는 경주를 미리 분석하느라 새벽 2시가 넘어서야 잠이 든 준욱은 피로도 잊은 채 짧은 하품을 하며 침대에서 일어났다. 그는 좁은 반지하 방 한쪽에 놓인 책상 의자에 앉아 핸드폰을 열고 익숙하게 한 자리 단축 번호를 눌렀다.
"뚜- 뚜-."
동생이 전화 받기를 기다리는 동안, 준욱은 한가한 왼손으로 책상 위에 흩어진 쓰레기들을 한쪽으로 정리해보았다.
맥주 캔 다섯, 소주병 하나, 콜라 캔 둘, 그리고 안주로 먹었던 빵과 과자 봉지…. 게다가 방 곳곳에 아직 버리지 못한 쓰레기 봉지들도 눈에 띄었지만, 어차피 은둔자처럼 생활하는 준욱을 방문할 사람도 없으니, 그는 이 지뢰밭같이 혼란스러운 방을 그다지 신경 쓰지 않았다. 다만, 머릿속으로는 언젠가 날 잡아 치우겠다고 몇 번이나 다짐만 했을 뿐이다.

준욱의 관심은 항상 다른 곳에 있었다. 그의 삶에서 최우선은 경마 정복이었고, 벽에 걸린 색 바랜 경마 일정표는 그의 유일한 달력이었다. 책상 한쪽의 오래된 노트북엔 늘 경마 결과표와 확률 계산이 띄워져 있었다. 누군가 그 모습을 본다면 대단한 연구를 하는 줄 알 것이다. 학자나 도박꾼이나, 목표를 위해 밤을 새운다는 점에서는 닮아 있을 테니까.

"이따 올 거지? 응, 늦게라도 꼭 와. 내가 오늘은 틀림없이 대박을 터뜨릴 거야!"

핸드폰 너머로 믿지 못하겠다는 비아냥이 들리는 듯 준욱은 혼자 삿대질까지 하며 열을 냈다.

"야, 내가 다른 건 몰라도 경마에 관해서는 헛소리 안 해! 이놈은 내가 석 달 전부터 계속 노리고 있던 말인데, 드디어 오늘 출전을 한단 말이야!"

준욱에게는 주말마다 경마장에서 만나는 두 살 터울 동생들이 있다. 그는 전화 통화로 동생들과 오늘 만나기로 다시 확인한 후에야, 비로소 낡고 쪼그라든 지갑을 열고 그 안을 조심스럽게 살펴보았다. 남들에게는 들키고 싶지 않은 빈곤을 숨긴 곳이라 볼 때마다 우울하고 두려워졌지만, 어쩔 수가 없다. 하지만 오늘은 운이 좋게도 십여 장의 지폐가 보였는데, 그중에는 몇 장은 푸른색이었다.

'휴~ 다행이다! 아껴서 베팅하면 오늘 하루는 그럭저럭 버틸 수 있겠네.'

조금 전 당당했던 통화와 달리 준욱의 본모습은 오랜 도박 습관과 혼란스러운 사생활로 인해 담배 연기에 찌든 벽지처럼 피폐했다.

전혀 어울릴 것 같지 않은 두 동생을 마치 동갑내기처럼 10년째 만나는 이유는 준욱의 직장 생활이 평범하지 않아 다른 친구들과는 오래전에 모두 멀어졌기 때문이다. 이름 없는 작은 회사에 다니는 준욱과 달리, 동생들은 대기업에 재직 중이어서 함께 다닐 때 남들에게 번듯해 보이는 것이 그다지 손해는 아니었다.

가끔 자신의 그런 처지가 한심하고 처량하게 느껴질 때도 있었지만, 이런 만남조차 없다면 희미한 햇빛만이 겨우 드나드는 이 작은 반지하 방에서 무슨 재미로 이 세상을 살아갈까?

'조금만 기다려. 언젠가 한 방으로 이 빌어먹을 반지하에서 꼭 탈출할 거야!'

스스로를 다독이며 준욱은 옷을 대충 걸치고 집을 나섰다.

2. 이래도 말, 저래도 말 — 2004

　　　　경마장을 자주 찾는 노름꾼들은 습관처럼 늘 같은 자리에 앉으려 한다. 친숙한 얼굴들을 봐야 마음이 편안해지고, 옆자리 사람이 자주 바뀌면 운이 달아난다고 믿기 때문이다. 그래서 그들은 자신만의 명당을 차지하기 위해 아침 일찍 경마장으로 출발한다. 준욱도 그런 미신에서 벗어나지 못해 오전부터 과천 경마장으로 달려가 자리를 잡았으며, 오후가 되면 동생들을 경마장 4층 D구역에서 자연스럽게 만났다.

"냐아~."

"너 또 왔구나?"

　반지하 방에서 나온 준욱은 집 앞 주차된 차 사이에 웅크리고 있는 어린 고양이를 발견했다. 키우던 주인에게 버림받았는지 그놈은 며칠 전부터 그 자리에 가끔 나타나곤 했다.

"지금은 바빠서 너랑 놀아줄 시간이 없는데 어쩌지?"

　길고양이치고는 깨끗하고 예뻐서 당장이라도 데려다 키우고 싶었지만, 준욱에겐 작은 고양이 한 마리 키울 만한 여유도 없어서 그동안 안주로 먹다 남긴 참치나 깨끗한 물을 주는 게 다였다.

'아, 씨, 빨리 가서 자리 잡아야 하는데….'

준욱은 고양이의 간절한 눈빛을 무시하고 발걸음을 뗐으나, 결국 다섯 걸음도 못 가 다시 방향을 바꿔 집으로 돌아갔다.

"오늘 운 좋은 줄 알아, 내가 지금 바빠서 이거 한 통 다 줄게!"

준욱은 가져온 참치 캔을 따서 고양이 앞에 살며시 내려놓았다.

"혹시나 말이야, 오늘 내가 큰 거 한 방 터뜨리면 너도 길거리 생활 청산하고 나랑 같이 사는 거다, 괜찮지?"

배가 고팠는지 아무 대꾸 없이 허겁지겁 참치를 먹는 고양이를 바라보던 준욱은 다시 경마장을 향해 바삐 뛰어갔다.

평소보다 조금 늦은 시간이었지만, 다행히 준욱은 경마장에 점 찍어둔 자신의 명당을 차지할 수 있었고, 점심시간이 지나자 동생들도 출근길 지하철처럼 사람들로 붐비는 그곳에 도착했다.

"빨리 좀 오지 그랬어. 자리 잡고 있느라 눈치 보여서 혼났어!"

"응, 우리 자리 잡아주는 건 항상 고마워. 그나저나 우리 강 프로는 아침부터 대단한 거 하나 있다고 그렇게 떠들어대더니, 지금 보니까 오늘도 역시 익명으로 마사회에 기부하고 있었구나."

"야, 이거 다 적금이야, 적금! 때 되면 다 찾아갈 거니까 걱정 마!"

"형, 만기일도 모르는 그놈의 적금 타령 그만하고, 그 돈을 그냥 한 번에 모아서, 크리스마스에 구세군에나 기부하면 얼마나 좋겠어? 주말마다 힘들게 과천까지 왔다 갔다 안 해도 되잖아?"

어두운 준욱의 얼굴을 보며 영재와 현우가 차례로 놀렸다. 이들 셋의 대화에는 늘 가벼운 장난과 비꼼이 섞여 있었지만, 준욱은 이런 동생들이 그다지 미워 보이지 않았다. 말만 그렇게 할 뿐, 그들은 결코 선을 넘지 않았다.

"그냥 세월이나 낚으러 온 거야. 네발 달린 짐승에게 뭘 기대해?"

"에이~ 형, 맘에도 없는 소리 하지 마! 돈 따겠다는 집념이 여기까지 불타오르는데!"

그렇다. 목소리만 잠시 작아졌을 뿐, 경마에서 이겨보겠다는 준욱의 집념은 세상 누구보다도 강했다. 마사회 도서관에서 말에 관한 논문을 탐독하고, 밤새 컴퓨터 언어를 공부해 우승마 예측 프로그램도 개발했다. 심지어 경주마를 키우는 목장까지 찾아가 직접 경주마를 타보기도 했다. 그러나 승리가 눈앞에 있을 때마다, 딱 한 끗 차이로 날아가버리는 불행은 분석 없이 대충 베팅하는 동생들과 별 차이가 없었다.

"우리 오늘도 또 소리만 고래고래 지르다 끝나는 거 아니야?"

경마에서 별 성과는 없었지만, 그 셋이 매주 만나는 데는 그럴 만한 이유가 있었다. 준욱은 쓸데없이 잡학 다식했고 말도 많아서, 동생들과 만날 때면 지루할 틈이 없었다.

"너희들 말이야, 우리가 왜 경마에서 맨날 잃는지 알아?"

"전생에 나라라도 팔아먹었나 보지?"

영재는 또 무슨 개똥철학이 나올까 싶어 미리 분위기를 누그러뜨렸다.

"그건 말이야, 우리 노력이나 재능이 부족한 게 아니라 경마는 애초에 답이 없어서 그래!"

"아, 또 헛소리 시작이네."

"말 열 마리가 뛰는 경주에서 한 마리는 틀림없이 1등으로 들어오지만, 경주가 끝나기 전까지는 어떤 말이 1등을 할지 절대 알 수 없잖아? 이걸 수학적으로 보면 주사위를 던지는 것과 같아. 주사위에서 특정 숫자가 나올 확률이 1/6이라는 사실은 모두 알지만, 이번에 어떤 숫자가 나올지는 아무도 모르는 거지."

"아이고, 그래요? 그래서 이번 경주는 뭐 사면 돼?"

동생들이 말을 끊자, 준욱은 이제야 기회가 왔다는 듯 경주로에서 워밍업 중인 갈색의 1번마를 사인펜으로 조용히 가리켰다.

"응, 저놈! 그런데 내 말을 끝까지 잘 들어봐. 난 저놈에게 베팅하라는 게 아니야! 이번 경주에서 저놈만 빠지면 엄청난 대박이 터질 거야. 그러니 무조건 저놈을 빼고 베팅해!"

이때 영재와 현우는 기다렸다는 듯 서로를 보며 씩 웃었다.

"고마워, 형! 뭘 살까 한참 고민했는데 형이 확실하게 해결해줬네. 우린 저놈으로 베팅할게."

"그래, 너희들은 꼭 저놈에게 베팅해. 솔직히 저놈은 다리 하나를 입에 물고 세 다리로 뛰어도 1등 할 거야. 아마 너희나 나나 둘 중 하나는 먹겠지!"

"근데 정말 궁금한데, 형은 저놈이 그렇게 강하다면서 왜 우리에게는 베팅하라고 하고 정작 본인은 저놈에게 베팅 안 하는 거야?"

"아까 말했잖아, 어차피 경마는 답이 없어!"

"에구… 경마에 답이 없는 게 아니라, 저놈만 빠지면 고배당 터질 게 뻔하니까 '제발 빠져라' 하고 바라는 거잖아?"

동생들이 고개를 절레절레 흔드는 사이, 마권 발매 시간이 마감됨에 따라 조금 전까지 왁자지껄하던 소음은 모두 사라졌다.

이제 경마장 안의 모든 시선이 발주대에 집중되었고, 마지막 경주마가 게이트에 들어서며 출발선 정렬 깃발이 올라가자, 둔탁한 출발 총소리와 함께 발주기가 열렸다.

"텅!" 총소리와 동시에 모든 경주마가 일제히 게이트를 빠져나와 선두 자리를 차지하기 위해 힘차게 질주하며, 뒤로는 뿌연 모래 먼지를 휘날렸다. 노련한 장내 아나운서의 중계 멘트가 속사포처럼 빠르게 관람석을 향해 쏟아져 나올 때, 발주기에서 사고가 난 듯 관람석 곳곳에서 웅성거림이 들려왔다.

"어? 1번마의 기수가 떨어졌어!"

"진짜? 제기랄, 내 마권 어떡해!"

동생들의 탄식 소리가 들려왔다. 가장 유력한 우승 후보마의 기수가 출발하자마자 말에서 떨어졌고, 그 경주마는 바로 준욱이 간절히 빠지기를 바랐던 그 갈색 말이었다. 경마에서는 게이트가 정상적으로 열려 경주마들이 출발하면, 그 이후에 기수가 말에서 떨어지든 다리가 부러지든 무조건 낙장불입이었다.

"형, 몇 번마 샀어? 설마 형도 1번마 산 건 아니겠지?"

"당연히 저놈은 뺐지!"

아직 결승선까지는 한참 남았지만, 1번마가 탈락한 것만으로도 준욱의 피가 끓어오르기에 충분했다. 두 동생은 이미 꽝이 된 자신들의 마권을 찢어 던진 후, 준욱의 곁에 바짝 다가앉았다. 셋 중 누구라도 대박을 터뜨리면 그날은 무조건 한우를 먹기로 오래전부터 약속되어 있었기 때문이다.

"야~ 오늘은 형 덕분에 한우 한번 거하게 먹는 거야?"

그 말을 듣고 마음이 다급해진 준욱은 재빨리 자신이 산 마권을 꺼내 결승점 부근에 설치된 큰 배당판의 숫자와 비교해보았다.

'그렇지. 좋아, 좋아! 이대로 가는 거야! 이게 들어가면 60배, 이건 80배, 이것은 120배, 이건….'

순간 준욱은 놀라서 입을 떡 벌리며, 가장 큰 배당이 터지는 조합 번호를 자랑하듯 동생들에게 크게 외쳤다.

"이왕이면, 2와 5가 같이 들어와야 해! 그거 들어오면 천만 원이야!"

영재와 현우도 놀라 눈을 크게 뜨고 빠르게 배당판을 살펴보았다. 2번마와 5번마가 1등과 2등으로 들어오면, 무려 340배짜리 고배당이 터지는 상황이었다.

"이야~ 3만 원어치 산 모양이네! 평소에 그렇게 소심하던 양반이 오늘은 웬일이래?"

동생들은 부러워하면서도 약간은 시샘하는 투였지만, 당장 천만 원이 눈앞에 어른거리니 준욱의 귀에는 아무 소리도 들리지 않았다.

'2! 5! 제발, 제발, 딱 한 번만!'

말들이 4코너를 돌아 결승점으로 이어지는 직선 주로에 들어서자, 잠시 눌러놨던 아드레날린과 도파민이 한꺼번에 폭발하듯 준욱의 입을 통해 밖으로 쏟아져 나왔다.

"2! 5! 2! 5!"

"2! 5! 꽃등심! 꽃등심!"

아웅다웅하던 준욱과 동생들은 언제 그랬냐는 듯 주먹을 불끈 쥐고 합창하듯 한목소리로 응원했다. 결승점이 가까워지자 지친 말과 여력이 남은 말의 거리 차이가 눈에 띄게 벌어지기 시작했다.

"야, 될 것 같아!"

"그래, 다 왔다! 조금만, 조금만 더!"

처절한 응원 탓일까? 아니면 오늘 갑자기 준욱의 적금 만기일이 도래한 것일까? 2번마와 5번마가 거짓말처럼 나란히 결승점을 통과했다.

"휴~." 준욱은 그제야 안도의 한숨을 내쉬었다. 하지만 준욱의 머릿속에는 마치 영화 속 한 장면처럼, 두 경주마가 결승점을 지나는 모습이 느린 동작으로 계속해서 반복되었다.

이제 경마장 안의 모든 시선이 결승점에 있는 배당판으로 쏠렸고, 주황색으로 깜박이는 경주 결과란의 숫자들은 이번 경주에서 무려 340배의 고배당이 터졌음을 알리고 있었다.

"형, 진짜 천만 원이야!"

"시바, 봐! 드디어 먹었다! 내가 뭐랬어? 1번만 빠지면 무조건 대박 난다고 했잖아!"

"어쩐지, 오늘은 점심을 안 먹고 오고 싶더라니."

동생들도 흥분해서 기뻐했고, 준욱은 어깨에 잔뜩 힘이 들어간 채 웃음 지었다. 그러나 행복한 시간은 오래가지 못했다. 갑자기 장내 아나운서의 긴급한 목소리가 울려 퍼지며 관람석은 다시 쥐 죽은 듯 고요해졌다.

"알려드립니다. 이번 경주는 심의 경주로 지정되었습니다. 심의 상황이 발생한 곳은 결승점 전방 100미터 지점입니다. 고객 여러분께서는 심의가 종료될 때까지 마권을 버리지 말고 보관해주십시오."

'아! 이런, 안 돼, 제발!' 준욱은 머리를 감싸 쥐었다.

말들은 경주 중에 치열하게 자리다툼을 하는데, 이 과정에서 가끔 충돌이 발생하기도 한다. 이때 다른 말에게 조금이라도 피해를 준 말은 도착 순위가 바뀌거나 아예 실격 처리될 수도 있었다.

경주로에 설치된 큰 스크린에서는 이번 경주 중 준욱이 베팅한 5번 말이 다른 말과 살짝 충돌하는 장면이 느린 동작으로 재방송되었고 그것을 지켜보던 준욱은 눈앞이 캄캄해졌다.

"야, 이거 수박밭에서 서리하다 주인에게 딱 걸린 느낌인데? 우리 눈에도 저렇게 뻔히 보일 정도면 마사회 빠꼼이들이 그냥 곱게 넘어갈 리가 없겠어!"

오랜 경험으로 나쁜 심의 결과가 나올 것이라는 건 셋이 너무 잘 알고 있었다. 아니나 다를까 잠시 후 장내 아나운서의 심장을 도려내는 듯한 안내 방송이 뒤를 이었다.

"재결에서 심의 결과를 알려드리겠습니다. 이번 경주 2착으로 도착한 5번마 승승장구는 결승점 약 100미터 지점에서 안쪽으로 사행하여 7번마의 주행을 방해하였으므로, 피해마인 7번마의 다음 순위인 6착으로 착순을 변경합니다."

순간, 관람석은 뜻밖의 착순 변경으로 인해 환호하는 사람들, 욕설을 내뱉으며 마권을 찢는 사람들, 그리고 꽝이 된 줄 알고 이미 버린 마권을 다시 주우려는 사람들로 난리가 났다.

"이놈의 마사회는 참 쓸데없는 곳에서 쓸데없이 공정하네. 그냥 도와주는 셈 치고 딱 한 번만 눈감아주면 안 되나?"

준욱은 화도 나고 어이가 없었지만, 안 되는 날은 무슨 짓을 해도 안 되는 법이다. 그는 조금 전까지만 해도 천만 원이었으나 한순간에 휴지가 된 마권을 찢으며 일어섰다.

"에이 씨, 오늘 운은 여기까진가 보다. 술이나 먹으러 가자."

"샤부샤부집으로 갈 거지? 다들 괜찮지?"

그 제안에는 모두가 군말 없이 동의했다.

3. 패배의 연가 — 2004

　　　　　그들이 그곳을 선택하는 이유는 분명했다. 경마가 있는 날이면 베팅 결과와 상관없이 늘 저녁을 먹으러 사당동의 샤부샤부 집으로 향했는데 그곳에는 한 아리따운 여직원이 있었다.

　패배에 익숙한 그들에게 그녀가 아르바이트생인지, 가게 사장의 여자 친구인지, 아니면 아내인지 알 수는 없었지만 어쨌든 그녀는 밝은 미소로 남자들의 마음을 푸근하게 해주는 듯했다.

　게다가 그녀는 단순히 외모만 뛰어난 것이 아니었다. 쉴 새 없이 홀을 오가며 음식을 서빙하고, 초보 아르바이트생들을 능숙하게 이끌며 일하고 있었다. 그래서 그 모습이 세 노총각의 눈에는 어느 항공사의 여승무원보다 더 아름다워 보였다.

　"저 정도 얼굴이면 그냥 카운터에 앉아서 시간이나 때우며 월급 받아도 될 텐데 참 열심히도 뛰어다니네!"

　"일하는 걸 보니 돈 관리도 야무지게 잘할 것 같아!"

　"그러게. 만약 나에게 저런 여자 친구가 있다면, 모든 걸 제쳐두고 청혼부터 하겠어!"

　이 솔직한 평가는 셋이 아웅다웅 싸우다가도 유일하게 의견이

일치하는 부분이었다.

"아이고~ 우리 강 프로님은 청혼하기 전에 집이든 가게든, 뭐라도 있어야 하지 않겠어?"

그윽한 눈빛으로 턱을 괴며 그녀에게 넋이 나간 준욱의 약점을 동생들이 또 살짝 건드렸다.

"야! 오늘 속상해 죽겠는데 그만 좀 긁어."

"다 잡았다 놓친 게 한두 번도 아닌데 새삼스럽게 왜 그래?"

"아이고, 고마워라~ 이 화상들아!"

하지만 화제의 주인공인 그 아가씨는 전혀 관심도 없는 듯 눈길 한 번 주지 않았고, 그렇게 술자리가 무르익어갈 즈음 동생들은 생각났다는 듯 준욱에게 물었다.

"근데 요즘은 형 아버지께서 대리운전하라고 전화 안 오는 모양이네?"

"야! 말도 마. 그 지긋지긋한 대리운전 해준 게 10년이다, 10년! 도대체 얼마나 더 하라고?"

"형, 가만히 보면 형 인생이 다 막장 같은데 그거 하나는 참 신기하단 말이야. 한창 젊었을 때 멋대로 놀고 싶었을 텐데, 그거 다 참고 그렇게 오랫동안 군말 없이 운전해준 걸 보면."

"야, 내가 하고 싶어서 했겠냐? 그 인간 성격이 하도 지랄 같으니까 무서워서 해준 거지!"

준욱은 아직도 분이 가시지 않는 듯 몸서리를 쳤.

"그냥 양심에 철판 깔고 의절했으면 됐잖아? 형이라면 당연히 그럴 수 있었을 거 같은데…."

"만약 내가 그렇게 했으면 우리 집 식구들이 나 대신 더 괴롭힘 당할 텐데 어쩌겠냐!"

"아이고, 이 잘난 인간이 어쩌다 그런 집구석에 태어났을꼬?"

"어쨌든 그 인간 이제 아파서 술도 못 마셔!"

준욱은 다시는 떠올리고 싶지 않은 듯 얼른 화제를 돌렸다.

"근데 아버지도 그렇지만, 사실 우리 할아버지도 장난 아니야!"

"왜? 일제 강점기에 완장 차고 앞잡이라도 하셨어?"

"아니, 그게 아니라 난 원래 2대 독자라 군대 안 가는데, 어느 날 느닷없이 신체검사 통지서가 날아왔더라고. 그래서 무슨 일인가 싶어 태어나 처음으로 호적을 봤는데… 아니, 난데없이 들어본 적도 없는 작은아버지가 호적에 떡하니 나타난 거야! 난 그때까지 우리 아버지가 1대 독자, 내가 2대 독자인 줄 알았지."

"그 당시에 2대 독자면 군 면제는 아니고, 그냥 6개월 방위 아니었어?"

"6개월 방위면 어때? 그 정도면 진짜 노래라도 부르며 갔다 올 수 있지!"

"그래서 어떻게 됐어? 군대 안 가려면 한 사람은 기어코 죽어야 한다며 작은아버지에게 결투라도 신청했어, 응?"

"말도 마. 찍소리도 못하고, 졸지에 현역으로 끌려가서 빡시게 2년 반을 채웠어. 그사이에 애인도 도망갔고."

"듣고 보니 별 얘기도 아닌데 왜 할아버지를 욕해? 아들 하나 더

낳은 게 뭐 그렇게 큰 죄야?"

"작은아버지가 나랑 동갑이니까 그렇지!"

그 말에 옆자리 손님들까지 피식 웃었다.

"아하~ 형 할아버지께서는 한 해 동안 아들과 손자를 동시에 보셨네!"

"세상에 둘도 없는 진짜 통뼈 가문이다! 역시 형다워~ 한잔해!"

자랑스럽지 않은 할아버지의 기행을 굳이 털어놓아서 놀림을 받았지만, 준욱은 그만큼 아버지 이야기를 빨리 덮고 싶었다.

"그건 그렇고, 오늘 340배짜리는 너무 아까워서 앞으로 석 달간은 잠도 안 올 것 같아!"

"형은 큰 배당 노리지 말고 작은 배당이라도 자주 맞추면 경마해서 잃지는 않을 텐데?"

"야, 그렇게 해서 언제 돈 벌어 장가가겠냐? 내 애인 저렇게 고생하는데!"

준욱은 분주히 서빙하고 있는 그녀를 턱으로 가리켰다.

"저 아가씨가 그렇게 마음에 들면 애먼 짓 그만하고, 다음부터는 복리로 베팅해서 팔자 한번 고쳐봐."

"원금에 이자까지 더해서 계속 불려나가는 거?"

"응, 그게 수학적으로 보면 진짜 무서운 돈질이야!"

"그래? 그럼 한 달에 딱 10%만 먹자고 베팅하면, 원금을 두 배로 만드는 데 얼마나 걸려?"

"7개월 후!"

"어라? 서울대에서는 그런 것도 가르쳐주냐? 계산도 안 하고 바로 답이 나오네?"

영재는 서울대 경영학과 출신으로, 사실 준욱과는 학연이 다르고 그저 아는 동생일 뿐이었다. 현우 역시 다른 학교 출신이었다.

"그러면 진짜 욕심 안 부리고 은행처럼 매달 3%만 딴다면, 원금을 두 배로 만드는 데 얼마나 걸려?"

"23개월!" 역시나 답이 바로 나왔다.

"캬~ 대단하다! 무슨 공식이라도 있는 거야?"

"됐고! 형도 이제 경마 그만하고 평범한 사회생활 좀 해. 그 반지하 방에서 살기 지겹지도 않냐?"

"야, 평범하게 살기가 그렇게 쉬운 줄 알아? 잠잠하다 싶었더니 이놈이 또 아픈 곳을 건드리네. 술 더 안 마시려면 일어나자!"

"아~ 시간이 벌써 그렇게 됐나? 아쉽네!"

"뭐, 그냥 가기 아쉬우면 영화나 한 편 볼까?"

딱히 집에 가서 할 일도 없었던 준욱은 현우를 살짝 꾀었다.

"됐어, 피곤해. 오늘은 그냥 여기서 끝내!"

피곤했던 현우가 단호하게 마무리 지었다.

"알았다. 너희들 뜻이 그렇다면 어쩔 수 없지."

그렇게 아쉬운 휴일 밤이 지나고, 동생들과 헤어진 준욱은 쓸쓸하게 반지하 방으로 돌아와 냉장고에서 맥주 한 캔을 꺼내 언제나 그렇듯 TV를 켰다. 딱히 볼 만한 프로그램이 있는 건 아니었지만, 혼자 나와 살기 시작하면서부터 생긴 습관이었다.

"따리리리-."

준욱은 전화 올 곳도 없는데 누굴까 싶어 귀찮은 듯 핸드폰을 들었다가 발신자가 '엄니'라고 표시된 것을 보고, 받을까 말까 잠시 망설이다가 그냥 책상 위에 핸드폰을 던지고 오지도 않는 잠을 청했다. 어머니에게 들을 이야기는 동생들에게서 미리 다 들었으니까.

"냐아~." 창밖에서 고양이 울음소리가 희미하게 들렸다.

'미안해.'

준욱은 그 소리에 마음이 아팠는지 베개로 귀를 막았다.

4. 철모 속의 미녀 — 1950

누구도 예상치 못한 대성공이었다.

1950년 9월 15일, 맥아더 장군의 인천 상륙작전이 전황을 급변시켰다. 미국과 연합군의 막대한 지원, 그리고 조수를 활용한 기습작전 덕분에 적군은 제대로 저항도 못 한 채 인천을 내주었고, 이 모든 것은 작전 시작 후 불과 12시간 만에 벌어진 일이었다.

덕분에 남쪽 끝에 몰렸던 전선은 낙동강을 기점으로 매일 북진했다. 퇴로가 막힌 북한군 잔병들은 절망 속에서도 능선과 계곡을 오가며 필사적으로 저항했고, 이제 산과 들, 폐허가 된 도시 어디든 전장이 아닌 곳이 없었다.

"성재야, 일어났어? 빨리 나와!"

부지런한 한술은 마치 뭔가에 쫓긴 듯 이른 아침부터 성재의 집으로 달려갔다.

"오늘은 또 어디야?"

성재는 아직 잠이 덜 깬 듯 집에서 나와 하품하며 물었다.

"어젯밤 싸리재에서 한바탕 벌어졌어. 지금은 조용한 걸 보니 다 철수했나 본데, 다른 애들이 오기 전에 빨리 가보자."

그 시절은 참혹했다. 먹을 것은 나무껍질이나 풀뿌리뿐이었고, 전쟁의 그늘 아래 아이들의 해맑은 웃음은 사라졌다. 그리고 전투가 끝난 전장을 헤매는 것은 이제 아이들에게 일상이 되었다. 적어도 그곳에는 주워 먹을 만한 것들이 조금이나마 있었기 때문이다.

특히 한술의 상황은 더 절박했다. 집은 넉넉지 않았고, 다섯 명의 굶주린 여동생이 있었다. 전쟁에 동원된 아버지와는 연락이 끊긴 지 오래였고, 가족의 생계는 오롯이 한술의 책임이 되었다. 그래서 전투가 끝난 전장은 그에게 오히려 희망의 장소였다. 굶주림과 총알 사이에서 선택의 여지는 없었다.

새벽의 싸리재는 어젯밤 치열했던 전투의 상처로 여전히 아물지 않은 채 고통스러운 모습을 하고 있었다. 매운 화약 냄새와 피비린내가 아직 가시지 않은 그곳에 도착하자, 준욱과 성재는 습관적으로 미군 진지부터 우선 확인했다. 보급이 끊긴 북한군은 그나마 남기고 갈 식량조차 없었기 때문이다.

"잠깐만!" 성재가 땅에 엎어진 괴뢰군 시체에 손을 대려고 할 때, 한술이 급히 말렸다.

"엎어진 시체에는 절대 손대지 마!"

"에이~ 설마 무슨 일 나겠어?"

"아니야, 지난달에 아래 동네 형이 엎어진 시체를 뒤집는 순간, 수류탄이 터져서 그 자리에서 바로 죽었어."

성재는 화들짝 놀라며 괴뢰군 시체에서 한 걸음 물러났다.

"에휴~ 이러다 우리도 언젠가는 꼭 한 번 당하지 싶다."

"미군들은 이해가 안 될 정도로 자기 동료의 시체를 가져가려고 애쓰거든. 그래서 괴뢰군이 그런 계략을 쓰는 거야."

"그런데, 미군들은 자기 살기도 바쁜 와중에 왜 그런대?"

"미군들 이야기를 옆에서 들었는데, 그들은 절대로 전우를 전장에 홀로 남겨두지 않는다는 신념을 가지고 있더라고. 그 전우가 살아 있든 죽었든 간에 말이야."

"하긴, 죽은 사람 챙기는 정성으로 본다면 우리나라도 절대 안 지지. 제사와 차례는 물론이고, 예전에는 삼년상까지 지켰다고 하잖아?"

"근데 성재야, 넌 삼년상 지내는 이유나 알아?"

"부모님 돌아가셨는데 겨우 며칠 장례 치르고, 아무 일도 없었던 것처럼 따뜻한 밥 먹고 편히 자는 게 미안해서 그러는 것 아냐?"

"그 3년이란 네가 아기였을 때 똥오줌도 못 가리고 기어다녔던 걸 네 부모님이 지극정성으로 돌본 기간이랑 같지."

"듣고 보니 그렇네. 갓난아기 안 돌봐주면 아마 며칠도 못 살 테니까. 근데 상 얘기는 이제 그만하자. 자꾸 제사 음식 생각나."

한술은 죽은 싸리나무 가지 하나를 주워 긴 막대로 만든 후, 북한군 시체 주변의 큰 도토리나무 잎들을 하나씩 들춰 보며 뭔가를 흥얼거렸다.

"leaf, leaf, leaf, 복수니까 leaves… no…."

나뭇잎들의 모습과 이야기의 주제가 딱 맞아서인지 한술은 머릿속에서 영어 문장 하나를 멜로디와 함께 떠올렸다.

"Leave no man behind~."

"무슨 뜻이야?"

"응, 아까 그거, 미군들의 신념 말이야."

"근데 넌 은근히 영어 잘하더라. 그것도 집안 내력인가?"

"글쎄, 우리 조상 중에 역관도 여럿 있었고, 아버지가 미군 부대에서 일했잖아!"

"옛날에 역관 정도면 먹고살 만한 관직이었을 텐데, 왜 너희 집안은 밥도 못 먹을 정도로 어려운 거야?"

"그게 다 팔자 때문이지! 역관의 운명이란 게 사신들 따라 다른 나라 왕이나 장수를 만나러 갔다가 결과가 좋으면 금의환향이고, 아니면 그냥 사신과 함께 목이 잘리는 거 아니겠어?"

"하여튼 안 풀리는 집안은 뭘 해도 안 되는 팔자인가 봐. 하하."

"야, 긴장 풀지 마. 이놈들 아직 안 죽었을지도 모르잖아? 너도 나뭇가지로 살살 찔러봐. 지난번에 죽은 줄 알았던 놈이 벌떡 일어나 식겁했잖아?"

"아~ 그때!" 성재는 그때를 떠올리며 몸서리를 치며 말했다.

"아니, 대체 몇 날 밤을 새워 싸웠길래 총소리가 나는 상황에서도 잠이 드는 걸까?"

"난 이해가 가던데. 배고픈 거야 보름이라도 억지로 참지만, 잠은 사흘만 못 자도 거의 미친다고 하잖아?"

"그 북한 아이는 아직 살아 있을까?"

둘은 잠시 대화를 멈추고 며칠 전 마주친 북한군 소년을 떠올렸다. 전쟁은 살아남은 모두를 고통 속으로 몰아넣었고, 이제 쫓기는 사람, 쫓는 사람 모두가 지치고 굶주려 있었다.

"그때 우릴 총으로 쏠 수도 있었는데, 아이라고 봐준 걸까?"

"그럴 만한 사정이 있었겠지. 여기서 총소리가 나면 군인들에게 발각될 수도 있고, 아니면…"

"어쨌든 우리는 억세게 운이 좋았던 거네!"

"맞아. 나도 막상 눈앞의 사람을 쏘라면 못 쏠 것 같아."

앞서가던 한술이 갑자기 멈춰 섰다.

"찾았다!"

한술은 미군이 먹다 남긴 C-레이션 상자 안에서 초콜릿 한 조각을 발견했고, 그 기쁨에 얼굴이 환해졌다.

"하하, 오늘은 내 발품이 제값을 했네. 넌 뭐 좀 주웠어?"

"난 이거밖에 없어."

성재는 실망스러운 표정으로 미군이 흘리고 간 철모 안에서 꺼낸 컬러 사진 한 장을 보여주었다. 미군들은 가끔 철모 안에 매혹적인 여성 사진을 숨겨두는데 그 사진은 이전에 한 번도 본 적 없는 강렬함으로 어린 한술의 마음을 사로잡았다.

흰색에 가까운 빛나는 금발, 입술 위에 작은 점, 그리고 짧은 드레스 사이로 반쯤 드러낸 젖가슴.

"야~ 진짜 예쁘다. 마치 천사가 땅에 내려온 것 같은데! 성재야, 이 사진 내 거랑 바꾸자!"

한술은 홀린 듯 방금 주운 초콜릿을 성재에게 건넸고, 마침 배가 고팠던 성재는 주저 없이 초콜릿을 받아들었다.

"절대 후회하지 마. 아니, 이미 늦었어!"

성재의 입에서 달콤한 초콜릿이 녹는 동안 한술은 그 사진을 곱게 접어 가슴 안주머니에 넣고 배고픔도 잊은 채 만족해했다.

"이제 나도 부적 하나 생겼네. 하하."

"아이고~ 그게 부적이면 왜 주인 잃고 여기서 굴러다니겠어?"

"그래도 우린 총 안 맞고 여전히 살아 있잖아. 그 철모의 주인도 분명 살아 있을 거야."

"야, 이제 난 사진이나 주워서 너한테 팔아야겠다. 하하."

성재는 자신이 꽤 남는 거래를 한 것 같아 어깨를 으쓱했지만, 한술이 부적이라고 부른 그 컬러 사진이 나중에 어떤 역할을 할지는 꿈에도 상상하지 못했다.

5. M. M. — 1950

카투사 지미 일병은 꼿꼿이 서 있었다. 그의 본래 이름은 지민이지만, 누군가 한 번 그를 '지미'라고 부른 이후로 부대 내에서는 모두 그를 지미라고 불렀다. 지민도 그 새로운 이름이 더 편해서 별다른 불만은 없었다. 그리고 캠벨 중위가 방금 그의 이름을 불렀다.

"지미 일병! 바쁜 와중에도 따로 시간을 내어 내 비서 역할까지 해줘서 고맙네. 그런데 말이야, 자네가 부대 내에서 통역 업무로 바쁘다 보니, 정작 내가 급하게 도움이 필요할 때 바로 지원을 받지 못하잖아?"

미국 상류층 출신인 캠벨 중위는 군대와 같은 불편한 환경에서는 항상 조력자가 곁에 있어야 한다고 생각했다.

"그래서 말인데, 나만을 위한 '하우스보이' 한 명을 부대 밖 아이 중에서 뽑았으면 해."

자신의 과중한 업무를 나눌 후임을 뽑겠다는 말에 지미는 오히려 캠벨 중위의 말이 반갑게 들렸다.

"중위님은 어떤 아이를 원하십니까?"

캠벨은 미리 작성한 메모를 읽으며 세 가지 조건을 말했다.

"첫 번째는 영어야! 일상 대화 정도는 기본으로 해야 하고, 더 복잡한 영어는 내가 차차 가르쳐줄게. 두 번째로는 성실함이 절대적으로 필요해! 누군가 뒤에서 밀어서 하는 게 아니라, 자기 일처럼 책임감을 가지고 해야 해. 그리고 세 번째는 똑똑한 아이라면 더욱 좋겠지. 한 번의 지시로 두 가지, 세 가지 일을 알아서 처리하고, 나중에는 내 눈빛만 봐도 척척 해내는 아이, 그래, 마치 자네처럼 말이야!"

후임을 생각하며 잠시 기뻐했던 지미는 이어진 캠벨 중위의 까다로운 요구 조건을 듣고 사무실을 나서자마자 한숨을 내쉬었다.

"아니, 이 난리 통에 그런 똑똑한 아이를 어디서 찾아?"

이때 마침 지나가던 에디 상병이 지미의 울상짓는 표정을 보고 어깨를 툭 치며 물었다.

"헤이, 지미, 무슨 일이야? 평양으로 전출 명령이라도 받았어?"

평소 에디와 친한 지미는 방금 들은 상관의 무리한 요구를 답답한 듯 털어놓았다. 하지만 에디는 마치 아무 문제가 없다는 듯 해결책을 제시했다.

"내 생각에 그렇게 큰 문제는 아닌 거 같아. 지금 부대 밖은 아이들로 넘쳐나잖아. 그리고 그 조건들도 별거 아니야. 내가 아는 한국 아이들은 대부분 영어를 알아. 김 미 초콜릿!"

에디가 전투모를 뒤로 돌려쓰고 두 손을 모아 내밀며 부대 밖의 어린아이처럼 간절한 표정을 지었다.

"Come on, Eddie."

지미는 에디의 전투모를 바로 돌려놓으며 그만하라고 호소했다. 그제야 에디는 미안한 듯 진지한 대안을 제시했다.

"성실함은 특별히 걱정할 필요 없잖아? 여기 아이들은 C-레이션 한 상자만 풀면, 이곳 전쟁터에서 우리가 흘린 보급품들 목숨을 걸고 하룻저녁에 싹 다 수거해 올걸!"

"그건 맞죠. 지금 전쟁을 겪고 있으니, 어른이나 아이나 무슨 일이든 다 할 수 있을 거예요."

"마지막으로 똑똑한 아이, 이건 그냥 운명이야! 지미, 네가 운이 좋다면 아마도 그 아이가 먼저 너를 찾아올 거야!"

에디의 그럴듯한 격려에 힘을 얻은 지미는 이 임무를 서둘러 끝내기 위해 부대 앞 검문소로 향했다. 그곳은 언제나 피난민과 아이들로 북적거렸다. 지미는 통제를 돕기 위해 설치된 연단에 에디와 함께 올랐다. 미군 한 명이 옆에 있으면 통제가 더 쉬울 것 같아 한가한 에디에게 미리 부탁했더니, 에디는 어떤 아이가 선택될지 궁금해하며 기꺼이 동행했다.

"조용! 조용히 해! 일단 어른들하고는 상관없는 일이니 어른들은 뒤로 물러나세요."

어른들이 물러나자, 그 자리는 금세 아이들로 채워졌다.

"잘 들어라! 지금부터 부대 내에서 함께 먹고 자며 일할 아이 한 명을 뽑을 거다. 여기 뽑히면 매일 부대에서 일하게 되고 배부르게 먹을 수는 있겠지만, 집에는 자주 못 간다. 알겠지?"

지미의 말이 끝나자 아이들은 고개를 끄덕였다. 이 험난한 전쟁 중에 미군 부대에서 잠자며 배부르게 먹을 수 있다면, 몇 년을 집에 못 간들 그게 무슨 상관일까?

"자, 이제 시작해볼까? 영어 할 줄 아는 아이는 손!"

지미의 말에 많은 아이들이 손을 들었다.

"형아, 우리 영어 못하잖아?"

손을 든 아이 중 한 아이가 형에게 조용히 속삭였다.

"멍청아! 우리만 못하는 거 아냐. 그냥 가만히 있어."

에디는 이 상황이 재밌다는 듯 웃음을 참지 못했고, 지미가 몇몇 아이들에게 영어로 질문을 했지만, '역시나'였다.

"햐아~ 이놈들 좀 보소?" 지미가 눈을 부라려 겁을 주었다.

"하루 종일 부대에서 힘들게 일하고 집에도 못 가. 게다가 재수 없으면 빨갱이에게 총 맞아 죽을 수도 있고, 그래도 괜찮아?"

지미의 으름장에도 불구하고 아이들은 요지부동이었다. 다만, 조금 전 겁 많던 그 아이만 슬그머니 손을 내렸다.

이때 에디가 뒤에서 다가와 지미의 어깨를 툭 치며 "저기 봐" 하고는 아이들 무리 뒤쪽을 턱짓으로 가리켰다. 지미도 그 방향을 응시했다. 전쟁으로 모두가 낡고 어두운 옷을 입고 있는 가운데, 한 소년이 들고 있는 사진만이 유독 금빛으로 밝게 빛났다.

그 사진을 든 소년은 바로 강한술이었고, 그 사진 속의 미녀는 이제 막 미국에서 인기를 얻기 시작한 마릴린 먼로였다.

"야! 너! 이리 앞으로 나와." 지미가 한술에게 소리쳤다.

한술은 아이들 사이를 헤치며 연단으로 다가갔고, 그 모습을 뒤에서 지켜보던 성재는 그제야 자신이 오늘 아침에 팔아넘긴 것이 진짜 금송아지였음을 깨달았다.

"그 사진 어디서 났어?(where did you get that picture?)"

지미가 일부러 영어로 물으며 한술을 테스트하기로 했다.

"아침에 싸리재를 지나다 버려진 철모 속에서 발견했습니다.(I found it in a discarded helmet at Ssarijae in the morning.)"

한술은 유창하지는 않았지만, 또박또박 분명하게 영어로 답했다. 지미는 한술의 영어 실력에 안도감을 느꼈지만, 에디가 언급한 '운명'이 맞는지 확인하기 위해 다시 한번 영어로 질문을 던졌다. 이번에는 좀 더 어려운 질문이었다.

"그 싸리재 전장에 특이한 점은 없었나? Was there anything noteworthy or out of the ordinary concerning the battlefield at Ssarijae?)"

"괴뢰군 시체 다섯 구가 있었습니다.(There were five dead bodies of North Korean soldiers.)"

"그건 특별한 것도 아니잖아?(That's nothing particularly remarkable, is it?)"

"괴뢰군의 총이 여러 정 있었는데, 탄알은 하나도 없었습니다. (There were several North Korean guns, but there were no bullets.)"

며칠 전 북한군 소년이 왜 자신을 총으로 쏘지 않았는지 이제야 깨달은 한술은 확신에 찬 목소리로 대답했다.

'Many guns, but no bullet이라….'

지미는 이내 안도하며 만족스러운 미소를 지었다. 그때 에디가 의기양양하게 한마디를 덧붙였다.

"그것 봐! 내가 스스로 나타날 거라고 말했지!(Look at it! I told you he'd show up on his own!)"

마치 드라마처럼 한술이 지미 앞에 나타난 것도 놀라웠지만, 관찰력과 기억력도 남달랐으니, 꼼꼼하고 까칠한 캠벨 중위가 요구한 하우스보이의 자질에 전혀 부족함이 없었다.

"그래, 합격! 너 이름이 뭐니?"

지미가 이제는 마음이 놓인 듯 편하게 한국말로 물었다.

"강한술입니다!"

"자, 연단으로 올라와. 넌 이제 내 첫 번째 부하야! 근데 너 이 여자가 누군지 알아?"

"아뇨, 몰라요."

"이 세상에서 가장 아름다운 금발을 가진 미국 여배우야. 이런 촌구석에서는 백번 죽었다 깨어나도 절대로 눈앞에서 이런 여자를 볼 일은 없을 테니, 이제 이 사진은 내가 보관한다. 불만 없지?"

한술은 물론 이의를 제기할 수 없었다. 조금 전부터 지미는 그의 상관이기 때문이다. 그리고 그의 부하가 될 기회를 놓친 성재가 연단 아래에서 조용히 불만을 나타냈다.

"햐, 저 여배우 팔자 참 사납네. 어떻게 하루 사이에 주인이 세 번이나 바뀌지?"

이 악담 때문인지, 마릴린 먼로는 훗날 한숨만큼이나 화려하면서도 잔인한 운명을 맞이한다.

6. 함부로 못 할 말 — 1954

4년이 흘렀다. 지미의 기대대로 한술은 모든 면에서 캠벨 대위의 신뢰를 완벽하게 얻었다. 부지런하고 똑똑했으며, 세심한 계획을 세워 문제를 꼼꼼하게 해결해나갔다.

어느 날, 캠벨 대위가 한술과 함께 중요한 보고서를 준비하느라 사무실에서 늦은 밤까지 일할 때였다.

"한술, 이리 와봐!" 갑자기 캠벨 대위가 한술을 부르더니, 묵직한 책 한 권을 건네주었다.

"앞으로 시간 날 때마다 이 책으로 공부해보렴."

뜻밖의 선물에 한술은 감사한 마음으로 책의 제목을 확인했다. 그 책의 제목은 『English for Diplomacy(외교 영어)』였다.

"정말 감사합니다, 대위님! 제게 공부할 시간을 많이 내주시는 것도 고마운데, 이런 책까지 주시다니요."

"네가 이 책을 이해할 수준에 올랐으니 주는 거야. 지미에겐 조금 어려울 테고."

"저를 그렇게 높이 평가해주시니 정말 감사합니다. 그런데 제가 이 책으로 공부해도, 나중에 실제로 사용할 기회가 있을까요?"

"걱정하지 마. 내가 만난 한국인 중에서 너만큼 노력하는 사람을 본 적이 없어. 넌 분명히 성공해서, 네 힘으로 미국에 갈 수 있을 거야. 그때 이 책이 큰 도움이 될 거다."

'당장 먹고살기도 빠듯한데, 우리 집 형편에 미국이라니…'

캠벨 대위의 격려에 한술은 기쁨보다는 자신의 집안과 미래에 대한 걱정으로 가슴이 먹먹해졌다.

"자, 오늘 일은 여기까지 하고, 내일 미국에서 공연단이 온다고 하니 지미와 함께 가서 기분 전환이나 해."

춥지 않은 2월의 어느 날, 춘천의 미군 부대 캠프 페이지에 미 공연단이 오랜만에 방문했다. 많은 병사들이 설레며 연병장에 모였고, 맨 뒤에 있던 지미 하사와 한술 일병은 눈앞의 놀라운 광경에 말을 잇지 못했다.

"난 앞으로 살면서 '절대'라는 말을 다시는 쓰지 않을 거야."

지미의 말에 한술도 웃으며 동의했다.

"맞아요. 이런 촌구석에서 마릴린 먼로의 공연을 보게 되다니, 정말 기적 같네요!"

한창 전성기를 누리던 마릴린 먼로가 유명 야구 스타 조 디마지오와 결혼해 뜬금없이 일본으로 신혼여행을 간 것도 놀라웠지만, 남편을 홀로 그곳에 두고 한국에 와서 주한 미군 위문 공연을 할 줄이야 누가 상상이나 했겠는가?

"근데 난 저 여배우의 인생을 보면 너랑 닮은 부분이 많아서 좀 그래. 불우한 환경에서 죽도록 노력해 남들보다 더 나은 위치에 올

랐는데, 사람들은 그 노력은 외면하고 오직 외모만 보거든."

"솔직히 예쁘긴 하잖아요?"

한술은 답도 없는 자기 집안 애기가 나올까 싶어 애써 외면했다.

"그나저나 한술아, 이제 우리 서로 얼굴 보기 힘들 것 같다."

"왜요, 전역이라도 하시나요?"

"아니, 이제 난 서울 육군 특무부대로 가게 됐어. 아마 거기서 정보 관련 일을 할 거야."

"아쉽네요. 형님 덕분에 지금까지 편하게 잘 지냈는데."

"아니, 그게 왜 내 덕이야? 다 네가 노력해서 얻은 거지. 넌 앞으로 어떻게 할 거니?"

"캠벨 대위님이 자신이 후원해줄 테니 공부만 열심히 하라고 하셨어요. 그리고 나중에 갑종장교 시험도 보라고 하셨고요."

"아, 갑종장교! 그쪽은… 역사가 좀 그래. 1기 후보생들은 6·25 전쟁 터지는 바람에 수료도 못 하고 전쟁터로 나가 대부분 죽었고, 운 좋게 살아남은 교육생들도 육사 때문에 진급이 잘 안된다고 하더라. 말이 장교지, 사실상 하사관 취급이래!"

"그래서 저도 육사를 가고 싶었는데, 우리 집 형편에선 꿈도 못 꿀 일이잖아요."

"참 안타깝다, 네 잘못도 아닌데… 하지만 네 능력이면 갑종장교로도 충분히 인정받을 거야. 지금처럼만 해."

그때 한 무리의 흑인 장교들이 그들 옆을 지나갔고, 지미가 갑자기 경례했다.

"강뉴!"

처음 듣는 경례 구호에 대해 한술이 신기한 듯 물었다.

"형님이 타 부대 장교에게 경례하는 건 첨 보네요. 군복이 유엔군 장교는 아닌데 어디 부대인가요?"

"응. 에티오피아군이야! 미국보다 더 먼 아프리카에서 온 황실 근위대 출신들이고, 유엔군 중에 최정예 부대야."

"와, 아프리카에서도 여길 왔다니 놀랍네요!"

"더 놀라운 건, 전쟁이 끝났는데도 귀국 안 하고 동두천에서 전쟁고아들을 위한 보육원까지 운영하고 있어. 방금 들은 '강뉴'는 혼돈 속에서 질서를 확립한다는 뜻이고. 그런데 나는 정말 신기한 게 아프리카 사람들이 이 추운 한국 겨울을 몇 번이나 겪고도 아직 남아 있다는 거야. 그들에게 두세 배는 더 추울 텐데. 아마 이 전쟁이 아니었으면 절대 겪을 일이 없는 나라였겠지."

"또 '절대'라는 말을 하시네요."

지미는 자신도 모르게 다시 한번 '절대'라는 말을 하고 말았다.

"글쎄다, 내가 살면서 저 사람들을 다시 만날 일이 있을까…."

7. 베트남, 뜻밖의 여정 — 1965

"강한술 소위인가? 오늘 오후 2시까지 국방부로 들어오게!"
보좌관은 짧게 지시를 내리고 전화를 끊었다.

한술은 캠벨 중령의 꾸준한 관심과 지원 덕분에 우수한 성적으로 갑종장교 시험을 통과하여 육군 소위로 임관할 수 있었다. 그 과정에서 그는 많은 밤을 새워 캠벨 중령이 건네준 책들을 열심히 탐독했으며, 이론과 실전을 겸비한 다양한 훈련에도 적극적으로 참여했다. 더구나 '갑종장교'라는 꼬리표를 달고 있는 한술에게는 더 큰 노력이 필요했다.

그리고 한술은 어려운 여건 속에서도 서둘러 결혼까지 했다. 미군 부대 행사에 놀러 온 스무 살의 순진한 서울 처녀를 놓치기 싫어서였고, 이제 두 딸을 키우는 가장이 되었다. 그러나 가까운 친인척까지 책임져야 할 현실은 여전했다.

1965년, 베트남 전쟁에 참전하게 된 한술은 파병 직전 마침내 미군과 한국군 사이에서 작전과 소통을 담당하는 '연락 장교(Liaison officer)'로 임명되었다. 이 직책은 단순한 통역을 넘어 전략적 판단과 신속한 대응이 요구되는 중요한 자리였다.

"이 사람이 보좌관이 말한 그 사람인가? 갑종 출신이잖아?"

국방부 장관은 실망스러운 듯 보좌관을 바라보았다.

"출신이 다소 아쉽지만, 영어 능력만큼은 한국군 내 최고라 미군에서도 인정받았습니다. 뒷장에 미 8군 사령부 캠벨 중령의 추천서를 참고해보십시오."

"뭐, 영어 하나로 여기까지 올라온 걸 보면, 안 봐도 알겠군!"

장관은 여전히 만족스럽지 않았다.

"단지 영어만 잘하는 건 아닙니다. 그는 어릴 때부터 미군 부대에서 자라며 미국식 교육과 군대 운영 방식을 익혔습니다. 그래서 일을 대충 넘기거나 급하게 처리하지 않고, 문제를 예측하고 철저히 준비하는 등, 마치 미군처럼 행동합니다."

"그래? 그 점은 마음에 드는군. 요즘 우리 군은 너무 나태해졌어. 진짜 전쟁이라도 한번 나야 정신을 차리려나."

"어쨌든, 그의 임무 수행 능력은 대한민국 군인 중 최고라 할 만하니 안심하셔도 됩니다."

"자네가 그렇게 추천할 정도면 업무 능력에 대해서는 더 이상 의심할 필요는 없겠군."

장관은 비로소 마음이 조금 놓이는 듯했다.

"안보 의식과 충성심은 어떤가? 확인해봤나?"

"네. 정보부에 의뢰해 확인해본 결과, 그는 누구보다 투철한 군인이며 우리 임무에 가장 적합한 인물입니다."

"알겠네. 그럼 직접 만나보도록 하지. 들어오라 해."

보좌관의 호출에 밖에서 대기하던 강한술 소위는 긴장된 마음으로 국방부 장관 앞에 섰다.

"강한술 소위!"

"네, 소위 강, 한, 술."

"긴장 풀게. 지금부터 내가 전할 말은 대통령 각하의 특별한 당부이니 반드시 성과를 내주기 바라네. 또한, 이 임무는 서류로도 남길 수 없는 기밀 사항이니 머릿속으로만 기억하도록 해."

장관의 엄숙한 표정에 한술은 침을 삼켰다.

"현재 우리 군은 6·25 때부터 사용해온 재래식 무기를 현대화하고, 자주국방을 위해 최선을 다하고 있어. 우리가 월남 참전을 수락한 것도 미국으로부터 최신식 무기를 지원받기 위해서야. 따라서 파병 즉시 미군에게서 M-16 소총 2만 5천 정을 인수할 예정인데, 문제는 60만 명이 넘는 우리 국군 전체를 무장시키기에는 턱없이 부족한 양이야. 아, M-16에 대해서는 자네도 알고 있지?"

"네, 알고 있습니다. 성능이 워낙 뛰어나 미군들은 '마이티 식스틴(Mighty Sixteen)'이라 부릅니다."

M-16 소총은 공산국가에서 주로 사용하는 AK-47과 비교해 가볍고 정확하며, 반동도 적어 조준 사격이 훨씬 쉬웠다. 이 때문에 명중률도 높아 치명적인 효과를 발휘할 수 있었다.

"우리는 이 M-16이 꼭 필요한데, 미국이 쉽게 줄 것 같진 않으니 우리 나름대로 뭔가 해야 하지 않겠나? 자네는 영어도 능숙하고 미군들과도 잘 어울린다고 정보부에서 그러더군. 그래서 베트남에

도착하면, 다른 업무보다 M-16을 확보하는 데 집중하게. 그게 자네의 진짜 임무야. 이번 전쟁이 끝날 때까지 최대한 많은 M-16을 확보해주게."

정보부 얘기에 한슬은 오래전 헤어진 지미의 얼굴이 떠올랐다.

"네, 최선을 다해 임무를 수행하겠습니다, 장관님."

8. 마이티 식스틴 — 1965

"동작 그만. 충성! 소대 휴식 중!"

강 소위의 등장에 시끄럽던 임시 막사가 순식간에 조용해졌다.

"쉬어, 오늘 더운 날씨에 진지 구축하느라 수고가 많았다. 내가 치하하는 의미에서 미제 담배와 시원한 콜라를 가져왔으니, 점호 끝나면 분대장이 나눠줄 것이다."

부대원들의 함성과 함께 얼굴에 미소가 번졌다.

"조용! 드디어 내일, 너희들이 기다리던 첫 수색 작전이 시작된다. 때에 따라서는 적과의 교전도 예상되지만, 겁먹지 말고 평소 연습한 대로만 하면 아무 일 없을 것이다. 그리고 그동안 너희들이 눈 빠지게 기다리던 새로운 병기를 나눠주겠다. 분대장!"

분대장은 막사 한쪽에 판초 우의로 덮여 있던 상자를 열고, 그 안에서 반짝이는 M-16 소총 한 정을 꺼내 강 소위에게 건넸다.

"이게 바로 M-16이다. 400미터 밖의 적을 단 한 발로 쓰러뜨릴 수 있는 강력함과, 스무 발의 탄알을 단 3초 이내에 모두 발사할 수 있는 기민성을 갖춘, 현존하는 최고의 소총이다."

기존 한국군 소총과 비교할 수 없는 성능에 대원들은 큰 함성과 함께 흥분과 기대에 휩싸였다. 그러나 강 소위는 대원들의 열기를 무시한 채 냉정한 목소리로 말했다.

"분대장! 우리 소대 현재 몇 명이지?"

"네, 총원 28명입니다."

강 소위는 비장한 표정으로 말을 이어갔다.

"미안하지만 오늘은 14정만 지급하겠다."

순간, 막사 안은 당황한 대원들의 웅성거림으로 가득 찼다.

"소대장님, 그러면 나머지 14정은 언제 주시는 겁니까?"

"더 이상의 지급은 없다! 우리는 M-16 14정만으로 소대를 운영할 것이고, 이게 우리의 현실이다. 각 분대는 소총을 가진 대원들과 협력해 전투를 준비하라."

대원들의 아쉬움은 컸지만, 강 소위의 냉철한 판단을 따를 수밖에 없었다. M-16의 수량은 제한됐지만, 그 강력함은 부하들의 전투력을 높여줄 것이라 믿으며 강 소위는 말을 이어갔다.

"우리는 지금 미국을 도와 이곳에 왔고, 반드시 이 전쟁에서 승리해야 한다. 하지만 우리 조국의 전쟁도 잊어선 안 된다. 오늘 너희가 양보하는 이 M-16은 즉시 한국으로 보내져, 휴전선을 지키는 전우들에게 우선 지급될 것이다. 아쉬워하지 마라!"

강 소위는 부대원 중 가장 어린 대원을 바라보며, 오래전 자신이 먹을 것을 찾아 헤매던 싸리재를 떠올렸다.

"전장에는 항상 병사의 수보다 더 많은 수의 총이 있다. 그리고 사망자, 부상자, 포로, 탈영병이 생길수록 주인 없는 총은 더 늘어

난다. 그러니 걱정하지 마라. 탄약이 모자랄 수는 있어도, 총이 부족할 일은 절대 없을 것이다. 내 말이 무슨 뜻인지 알겠지?"

왜 인원수에 맞춰 총을 지급하지 않는지 그 이유는 분명했다.

"그리고 정 급하면 베트콩의 칼라시(AK-47)라도 주워서 싸우면 된다. 밀림에서는 오히려 그놈이 더 낫다는 평가도 있으니까."

"네, 알겠습니다!"

"너희는 자랑스러운 대한의 아들이자 군인이다. 최선을 다해 싸우고, 반드시 이겨서 고향에 함께 돌아가자. 죽지도 말고, 다치지도 마라! 이것은 명령이다! 알겠나?"

"네, 소대장님!"

가슴 벅찬 점호를 마치고 막사를 나서려던 강 소위는 무언가 떠올린 듯 돌아서며 한마디를 더했다.

"엎어져 있는 시체는 절대 건드리지 마!"

9. 조상 탓, 조상 덕 — 1966

밤 10시가 넘은 시각, 월남군 보급 담당인 후이멍 소위는 부하 몇 명과 함께 무거운 나무 상자 몇 개를 트럭에 싣고 서둘러 부대를 떠났다. 강 소위는 지프의 라이트를 끈 채 어두운 길을 따라 조용히 그들을 추적했다.

30분을 달린 끝에, 그들은 전쟁과는 동떨어진 듯한 시내로 들어가 환한 조명이 비치는 술집 앞에서 트럭을 세웠다. 술집에서는 라이브 음악이 흘러나오고, 사람들은 평화로운 일상을 즐기는 듯했다. 후이멍 소위는 트럭에서 내려 주변을 주의 깊게 살핀 뒤, 부하들에게 한마디를 내뱉고는 술집 안으로 들어갔다.

"난 한잔하고 들어갈 테니, 실수 없이 처리해!"

부하들이 트럭을 타고 떠나자, 후이멍 소위는 바에 앉아 위스키 한 잔을 주문했다.

"나도 한 잔! 같은 거로."

어느새 따라 들어온 강 소위가 후이멍 소위의 놀란 눈길을 무시하며 바로 옆에 앉았다.

"아니, 강 소위님 여긴 어쩐 일이십니까?"

"뭘 놀라나? 내가 술 좋아하는 건 자네도 알 텐데."

놀란 후이멍 소위를 바라보며 강 소위는 윗주머니에서 무언가를 꺼내어 테이블 위에 일부러 '탁' 소리가 나도록 내려놓았다.

"그리고 이것도 술만큼이나 좋아하지!"

후이멍 소위는 그 물체에 시선을 고정했다. 구릿빛으로 빛나는 M-16 탄환이었다.

"다 알고 쫓아오신 겁니까?"

후이멍 소위는 체념한 듯 힘 빠진 목소리로 물었다.

"걱정하지 마. 난 베트남의 가난한 집 출신 장교의 비리 같은 건 관심 없어. 다만 앞으로 부대 밖으로 나오는 M-16은 모두 내게 가져오라고 권하고 싶을 뿐이야. 어차피 그 총들 암시장에 내다 팔 거 아닌가? 가격은 시세대로 쳐주지."

후이멍 소위는 잠시 고민하다 피할 수 없는 현실을 받아들이기로 했다. 목적은 달랐지만, 두 사람은 미군의 최신 소총을 빼돌리는 중이었고, 이제 동업자가 되려는 참이었다.

"요즘 한국군이 예쁜 월남 아가씨보다 M-16을 더 찾아다닌다는 소문이 있던데, 진짜였나 보군요?"

긴장이 조금 풀린 후이멍이 잔을 들며 새로운 거래를 제안한 강 소위를 향해 웃었다.

"다 그럴 만한 이유가 있지. 당연히 미군은 몰라야 할 일이고."
"저도 알고 강 소위님도 알 정도면, 아마 미군도 눈치챘겠죠?"
"그럴 수도 있고. 당장 미군이 여길 들이닥쳐도 이상할 건 없어."

"그러면 강 소위님은 불안하지 않으세요?"

"전혀, 지금 미국은 우리보다도 미국 내 반전 여론에 더 신경 쓰고 있어. 대학생들, 종교인들, 예술가들까지 모두 나서서 반전 시위 하느라 난리거든."

후이밍은 고개를 끄덕이며 물었다.

"혹시 그 반전주의자들 때문에 케네디 대통령이 죽었을까요?"

"글쎄, 그건 정말 이해하기 어려운 사건이야. 어떻게 미국 대통령이 대낮에 경호원이 수백 명이나 있는 상태에서 총에 맞아 죽을 수가 있지?"

"소문에 의하면, 저격한 놈이 한 명이 아니라는 말도 있던데요?"

"그럴 만하지. 발견된 총알 수와 비교하면 몸에 구멍이 너무 많이 났거든."

"총알 하나가 대통령과 그 앞자리 사람 몸에 무려 다섯 군데나 구멍을 냈다고 하던데…."

"기가 막힐 노릇이지. 오죽하면 그 총알을 '마법의 총알'이라 부르겠어? 하여튼 지금까지 내가 알아온 미국과는 전혀 다른 방식으로 조사가 마무리됐어. 미국 국민이 암살범의 배후로 공산주의자보다 FBI나 CIA를 더 의심하는 게 이해가 돼."

"마음에 안 들면 자기들 대통령도 날린다 이건가요?"

"대통령은 기껏 몇 년이지만, 조직은 영원하잖아!"

"그러고 보니 케네디 애인 마릴린 먼로가 갑자기 죽은 것도 좀 수상해요. 재클린 여사에게 독살당했다는 소문도 있고."

이야기가 엉뚱하게 마릴린 먼로로 흘러갔다. 당시 주당들 사이에선 빠지지 않고 술자리에 오르는 흔한 안줏거리였다.

"혹시 마릴린이 케네디 생일 축하곡을 너무 야하게 불러서 그랬을까요? 제가 듣기에도 좀 심하던데?"

"마릴린이 원해서 그랬겠어? 연예인이니 위에서 시키는 대로 했겠지. 오죽하면 신혼여행 중에 한국에 위문 공연까지 왔겠어?"

"와, 마릴린 먼로가 한국에 갔었다고요?"

"응, 그것도 10년 전에!"

"그런데 참 신기하네요. 강 소위님은 마치 그녀를 개인적으로 잘 아시는 것처럼 말씀하시네요."

"물론이지. 내 운명을 완전히 바꿔놓은 여인이니까!"

"나중에 시간 되면 그 이야기 꼭 들려주세요. 진짜 궁금하네요. 하하."

"그래." 강 소위는 이제 그만 마시겠다며 자리에서 일어섰다.

"강 소위님, 마지막으로 한 가지만 더 물어볼게요."

후이멍은 조금 전까지와는 달리 약간 건방진 투로 말했다.

"지금 이 술집에는 베트남인만 있고, 강 소위님을 도와줄 사람은 아무도 없는데, 무슨 배짱으로 여길 혼자 오신 거죠?"

그리고 그의 손은 천천히 허리춤의 권총집으로 향했고, 잔을 닦던 웨이터도 긴장된 분위기에 동조하듯 한 걸음 다가섰다.

"그래서? 하고 싶은 얘기가 뭐지?"

한술의 짧은 대답에 후이멍은 승기를 잡은 듯 더 나아갔다.

"저 웨이터가 팔만 뻗으면, 테이블 아래 숨겨놓은 장전된 AK-47로 이곳을 단숨에 생지옥으로 만들 수도 있어요."

후이멍의 차가운 협박에 분위기가 한층 더 무거워졌지만, 강 소위는 전혀 동요하지 않았다. 그리고 오히려 차분하게 말했다.

"자네는 운명을 믿나?"

"이렇게 먼 타국의 선술집에서 생사의 갈림길에 서 있는 것도 어쩌면 강 소위님의 운명이겠죠."

강 소위는 고개를 저으며 자신감 있게 말했다.

"아냐. 운명이든 아니든, 난 오늘 밤 무사히 돌아가 숙소에서 잠을 잘 거고, 또 내일 아침에 어김없이 일어나서 하루 일과를 시작할 거야. 지금까지 해왔던 것처럼!"

후이멍은 그 말에 잠시 당황하다가, 천천히 권총집 옆에 있던 손을 아래로 내렸다.

"후이멍 소위! 내가 그렇게 쉽게 죽을 운명이었다면, 애초에 이 자리까지 오지도 못했을 거야. 그리고 내가 알기로는, 우리 조상 중에 협상이 잘못돼 총에 맞아 죽은 사람은 아직 단 한 명도 없었어. 칼이라면 또 모를까!"

강 소위의 마지막 말에 후이멍은 살짝 웃음을 지었다. 긴장감이 조금씩 풀리면서, 두 사람은 다시 어색한 악수를 했다.

"이제 우린 완전한 동업자야!"

강 소위의 시원한 배짱에 후이멍은 그를 술집 밖까지 배웅해주었고 경례까지 해주었다. 기회를 노리는 암시장의 총기 브로커들이 보란 듯이.

　후이멍이 다시 술집 안으로 사라지자, 강 소위는 잠시 하늘을 올려다보았다.

　"밤이 돼도 똑같군! 이놈의 더위는 도무지 적응이 안 돼."

　그는 술집 뒤에 세워둔 지프로 걸어가더니, 어두운 골목을 향해 소리쳤다.

　"작전 완료! 복귀한다!"

　조금 전까지만 해도 고요하던 어두운 골목에서 중무장한 병사 한 무리가 우르르 뛰어나왔다. 이들은 오래 기다려 지친 듯, 태극 마크가 선명한 트럭에 힘겹게 몸을 실었다. 그때 한 대원이 투덜거리며 말했다.

　"소대장님! 적당히 마시고 끝내시지, 쪄 죽는 줄 알았어요!"

10. 억울한 구렁이 — 1966

'오늘은 일이 좀 복잡해질 것 같네.'

다음 날 밤, 강한슬 소위는 몇 장의 봉투를 주머니에 챙긴 채 부하들이 머무는 야전 막사를 찾았다.

"동작 그만. 충성! 부대 휴식 중!"

"충성, 부대 쉬어!"

강 소위는 가볍게 경례를 받은 후 웃으며 말했다.

"어때? 베트남 생활, 지낼 만하지?"

어젯밤 뜻밖의 작전으로 고생한 대원들은 이제 소대장의 등장이 마냥 반갑지만은 않았다. 술과 담배가 따라온다 하더라도.

"어젯밤은 고생 많았다. 덕분에 이제 조국의 많은 전우들이 M-16으로 무장하고 있다. 그래서 오늘은…"

대원들의 눈빛은 기대 반, 걱정 반이었다.

"너희들에게 특별히 외출을 허가할 테니, 나가서 마음껏 즐기고 와라!"

"와! 감사합니다, 소대장님!"

"앞으로 10분 안에, 근무 인원을 제외한 모든 대원은 A급 복장으로 환복 후 막사 앞으로 집합하라."

강 소위의 명령에 막사 안은 들뜬 함성과 기대감으로 가득 찼고, 잠시 후 그들은 트럭에 올라 시내 술집으로 향했다. 도착한 후 강 소위는 준비해 온 봉투를 선임 부하들에게 나누어주었고, 그 안에는 그날 밤 충분히 즐길 수 있을 만큼의 금액이 들어 있었다.

"진짜 마음껏 놀아도 되는 겁니까?"

평소와는 다른 강 소위를 의심하며, 분대장이 조심스레 물었다.

"그래, 어젯밤 고생에 대한 포상이다. 이렇게 판을 깔아주는데도 제대로 못 놀면 다음부터 외출은 없다. 마음껏 먹고 마셔라. 그리고 분대장, 총은 나에게 맡기고 가."

"혹시 위험하지는 않을까요?"

"괜찮아, 여기는 미군들이 자주 들락거리는 곳이야."

분대장이 허리춤에서 탄띠를 풀어 강 소위에게 건네는 순간, 부하들은 더 참지 못하겠다는 듯 일제히 함성을 지르며 술집 안으로 몰려 들어갔다.

'그동안 정말 고생했다.'

강 소위는 낯선 타국 땅에서 한 번도 경험해보지 못한 전쟁의 공포 속에서도 힘들게 싸워온 대원들이 고맙고 대견했다.

"소대장님도 한잔하셔야지요."

"그래, 딱 한 잔만 하지."

대원들의 손에 이끌려 강 소위는 술집 안으로 들어갔다. 실내는 현지 여성들과 미군들로 붐볐으며, 담배 연기와 음식 냄새가 어우

러져 동남아 특유의 분위기를 자아냈다. 벽면은 낡은 목재로 되어 있었고, 총기 휴대를 금한다는 팻말이 여기저기 붙어 있어 구멍 난 벽을 가렸다. 천장의 낡은 선풍기가 천천히 돌며 더위를 식히고, 부하들은 긴 목제 테이블에 둘러앉아 이미 술잔을 가득 채운 채 강 소위의 건배사를 기다렸다.

"우리 모두 무사히, 고향으로!"

"고향으로!"

강 소위와 부하들은 서로의 안전과 오랜만의 휴식을 기리며 건배를 외쳤다. 비록 술 한잔이었지만 테이블은 금세 웃음소리와 소음으로 가득 찼다.

"분위기를 깨기 싫지만, 이곳은 총기 휴대가 금지라 나는 이만 들어가보겠다. 그리고 내가 없어야 더 편하게 놀 거 아냐?"

"모처럼 소대장님과 함께하는 술자리인데, 섭섭합니다."

들어올 때와는 달리, 이번에는 아무도 소매를 잡지 않았기에 강 소위는 편하게 술집을 나설 수 있었고, 마치 다음 약속이 있는 듯 시계를 보며 술집 뒤편 골목으로 걸어갔다. 그곳에는 이미 두 명의 미군이 담배를 피우며 초조하게 강 소위를 기다리고 있었다.

"앞으로 두 시간 후!"

강 소위는 짧게 말하며 두 미군에게 봉투를 건넸다. 그들은 봉투를 받아 내용을 슬쩍 확인한 후, 바로 술집 안으로 들어갔다.

열대의 밤이 깊어가면서 술집 안의 분위기는 더욱 들떴고, 부하들은 이제 고향의 가족 이야기를 하며 모처럼 전쟁의 그늘을 벗어나

평화로운 시간을 가졌다. 그 미군이 싸움을 걸어오기 전까지는.

"김 병장님, 말씀하신 안주 사 왔습니다."

방금 밖에 나갔다 돌아온 박 상병이 김 병장에게 초록색 꾸러미를 건넸다.

"자아~ 잠시 조용히 해봐!"

테이블에 앉아 있던 부하들이 궁금한 듯 입을 다물었고, 김 병장이 야자수 잎을 벌리자 불에 익힌 고기 냄새가 주위로 퍼졌다.

"그래, 술안주로는 이놈이 딱이야!"

"김 병장님, 그게 뭐예요? 냄새가 죽이는데요."

"이게 뭐냐면, 베트남 말로는 '짠 검'이라고 하는데, 우리에겐 구렁이야. 미군들은 '파이썬(Python)'이라 부르고."

구렁이라는 말에 대원들의 눈빛이 달라졌다.

"이렇게 외출 나왔을 때 고기 맛 좀 봐야지. 그놈의 C-레이션은 지겹지도 않냐? 자, 다들 한 점씩 먹어봐!"

김 병장의 제안에 모두가 신기함과 모험심으로 젓가락을 들고 고기에 달려들었다. 그리고 처음 맛본 구렁이 맛을 평가했다.

"음… 닭고기 맛인데요!"

"아냐, 그냥 소고기 같은데!"

"이럴 줄 알았으면 된장이라도 좀 챙겨올 걸 그랬어요."

"베트남 음식은 향이 강해서 다 비슷비슷해!"

"우리 동네는 예전부터 구렁이를 보면 신물이라며 절대 안 건드리는데, 이러다 큰일 나는 거 아닌지 모르겠네요."

"맞습니다. 우리 마을도 그런 미신이 있었어요. 구렁이가 집 안으로 들어오면 흉한 일이 생긴다고."

이에 취기가 오른 김 병장도 목소리를 높였다.

"거 참, 맛있는 안주 앞에 두고 구렁이 담 넘어가는 소리 하네. 성경에도 있잖아? 이 사악한 뱀 때문에 인간사가 다 꼬여버렸다고. 그러니 빨리 먹어 없애야지, 걱정 마!"

그때 화장실로 가던 스미스 병장이 그들 테이블 앞에 멈춰 섰다.

"Hey, did you guys eat the military dog that went missing a few days ago?(며칠 전 사라진 군견, 혹시 너희들이 먹은 거 아냐?)"

"No, no, we didn't.(아니야, 우린 몰라.)"

분대장이 짧은 영어로 그의 말을 막으려 애썼다.

"Damn! You're still eating it right now, aren't you?(젠장, 지금도 먹고 있잖아?)"

"No, it's Python!(아니야, 이건 비단뱀이야!)"

분대장은 오해를 풀려는 듯 구렁이 고기를 들어 그에게 내밀었지만, 술에 취한 그는 오히려 그 고기를 손으로 잡아 바닥에 세게 내리쳤다. 스미스 병장은 미군 내에서 군견을 관리하는 군견병(Military Working Dog Handler)으로, 군견과 깊은 유대감을 가지고 있었기에 이런 오해를 할 만했다.

"You ate Sergeant Rex!(너희들이 렉스 하사를 먹었잖아!)"

미군은 군견병보다 군견을 한 계급 더 높게 대우하는 전통이 있었고, 술에 취한 그의 외침은 술집 안에 있는 모든 미군의 귀에 쏙

들어갈 정도로 컸다.

"What? Sergeant Rex?(뭐? 렉스 하사를?)"

"They ate Sergeant Rex?(그들이 렉스 하사를 먹었다고?)"

미군에게는 한국인이 쉽게 이해하지 못할 두 가지 전통이 있는데 하나는 'Leave no man behind'였고, 나머지 하나가 바로 지금 이 시비의 발단이 된 'Leave no dog behind'였다.

더운 날씨와 오랜만의 술로 인해 강 소위 부대원들은 이미 취기가 올라 있었고, 미군 역시 금기를 건드렸다는 생각에 참을 수 없는 분노가 치밀었다. 분대장이 싸움을 말리려 했지만, 아무 소용이 없었고, 술집은 양측의 패싸움으로 난장판이 되었다.

"이건 뱀이라고! 똑바로 봐!"

바닥에 떨어진 구렁이 고기를 다시 들어 미군의 얼굴 앞에 들이밀었지만, 한국말을 알아듣지 못하는 미군에게 이 행동은 오히려 조롱이자 도발로 받아들여졌고, 이제 옆에서 구경하던 미군들까지 모두 싸움에 끼어들었다.

술에 취한 군인들의 싸움을 말리는 것은 마치 목마른 사람에게 물을 먹지 말라고 하는 것과 같아서, 술집 주인은 주먹을 맞고 굴러온 한국군 병사를 살짝 피하면서 느긋하게 담배에 불을 붙이고 싸움을 구경했다. 어차피 총기가 없으니 주먹질 외에 더 큰 문제는 생길 것도 없었다.

강 소위의 부하들이 '총기 휴대 금지'라는 팻말로 미군들의 공격을 막고 있는 동안, 마지막 연기 한 모금을 들이킨 술집 주인이 미군 헌병대에 전화를 걸었다.

"Maybe twenty, or more!(아마 스무 명, 아니 그 이상이겠네요!)"

 술집 주인은 늘 있는 일처럼 별다른 설명도 없이 숫자만 말하고는 곧바로 수화기를 내려놓았다. 그런 후 그는 테이블 위에 놓인 고기 한 점을 들어 맛을 보며 중얼거렸다.

"Rắn xào sả ớt!(뱀고기 요리군!)"

 10분도 채 지나지 않아 미군 헌병 여러 명이 술집으로 출동했고, 난동을 부린 군인들을 모두 체포해 돌아갔다. 그때, 행색이 남루한 노인이 개 한 마리를 끌고 술집으로 들어왔다. 며칠 동안 들판에서 지냈는지 초라해 보이는 그 개는 동남아에서 보기 드문 셰퍼드 종이었다.

 다음 날 강 소위는 미군 헌병 중대장의 호출을 받아 헌병대에 출두했고, 영창 안에는 아직 술에 덜 깬 그의 부하 8명이 흐느적거리며 일어나 철창을 사이에 두고 그에게 경례했다. 얼굴에 불그레한 멍 자국은 있었지만, 다들 일어서 있는 것을 보니 심각한 부상자는 없는 듯했다. 이때 강 소위를 마주한 미 헌병 중위는 그의 경례도 무시한 채 바로 쏘아붙였다.

"강 소위, 지금까지 한국군은 아무 사고 없이 잘 지내왔는데, 어제는 대체 무슨 일이야? 정말 실망스러워!"

 강 소위는 이미 뱀고기 때문에 미군들이 오해했다는 것을 알고 있었기에 여유 있게 답했다.

"대원들이 오랜만에 외출을 나가, 고향에서 먹던 뱀고기 맛이 그리웠나 봅니다."

철창 안에는 며칠 전 실종된 렉스 하사가 스미스 병장의 품에 안겨 잠들어 있었다.

"지금 우리 헌병 인원으로는 미군 관리도 버거운데, 이제 한국군까지 사고를 치면 어쩌자는 거야?"

"죄송합니다. 앞으로 외출 교육을 더욱 철저히 하겠습니다. 그리고 렉스 하사의 무사 귀환을 축하드립니다."

그때 강 소위의 눈에 부하들이 어제 사건의 원인이었던 렉스 하사를 깨워 데리고 놀고 있는 모습이 들어왔다.

"그만들 해라, 계급상 너희들보다 상관이잖아!"

"에이, 강 소위님! 원래 남의 부대 상관은 대우 안 해주잖아요. 어제 이놈 때문에 싸운 거 생각하면 그냥 확!"

이를 지켜보던 미 헌병 중위는 그들이 지겨운 듯 말했다.

"늦었지만, 렉스 하사의 귀환에 도움을 줘 고맙네. 그리고 어젯밤 자네 부하들의 잘못은 모두 눈감아줄 테니, 속히 부하들 데리고 부대로 복귀하게."

"네, 감사합니다. 충성!"

강 소위는 헌병대를 떠나기 전 그에게 은밀한 제안을 했다.

"만약 저희에게 미군 헌병 복장을 나누어주신다면 앞으로 한국군의 군기 순찰은 저희가 책임지고 하겠습니다."

"자네가 그렇게 도와준다면 나야 고맙지. 하지만 어제 같은 일이 다시 생기면 곤란해."

강 소위는 자신만만하게 미소 지으며 말했다.

"당연합니다. 걱정하지 마십시오. 제복이 사람을 만듭니다!(Of course. Don't worry. The uniform makes the man!)"

평소라면 받아들여지기 어려운 제안이었지만, 그곳은 전쟁 중인 베트남이었다. 덕분에 강 소위의 제안은 별다른 의심 없이 수락되었고, 그는 헌병 복장 몇 상자를 받아 풀려난 부하들과 함께 막사로 복귀했다.

"소대장님, 도대체 무슨 생각입니까? 우리 부대도 순찰할 여유가 없습니다."

이해 못 할 강 소위의 행동에 분대장이 조심스럽게 물었다.

"지금 베트남 암시장에서 거래되는 M-16이 얼마나 많은지 알고 있나? 앞으로 우린 그걸 모두 수거하러 갈 거다. 당당하게!"

강 소위는 지휘봉으로 헌병 복장을 두드리며 말했다.

"이제 너희는 헌병이다!"

"아, 무슨 뜻인지 이제 알겠습니다. 그런데 렉스 하사는 어떻게 그 술집을 찾아왔죠?"

강 소위는 분대장에게 다가가 작은 소리로 렉스 하사의 복귀 과정을 설명해주었다.

밀림에서 실종된 렉스는 며칠 동안 후각만으로 미군 부대 근처까지 찾아왔으나, 체력이 고갈되어 한 베트남 노인의 논에서 쓰러졌다. 그 노인은 렉스를 데리고 있다가, 야밤에 총기를 운반하던 후이멍 소위를 우연히 만나 그 사실을 털어놓았다. 그리고 렉스를 데려오는 대가로 미군 C-레이션과 약품을 요구하는 것도 잊지 않았다.

그제 밤 술집에서 헤어지기 전, 후이밍 소위는 그 사실을 동업자가 된 강 소위에게만 알려주었다. 그에겐 단지 개 한 마리가 얽힌 작은 사건일 뿐이지만, 'Leave no dog behind'라는 미군의 전통을 아는 강 소위에게는 엄청난 협상의 카드였다.

원래 렉스의 실종과 복귀는 미군이 해결해야 할 문제였지만, 계략을 짠 강 소위는 그를 도울 위치에 있는 두 미군을 찾아 어제 술집 패싸움 전 은밀히 거래를 마쳤다. 그 미군들은 강 소위가 왜 그런 위험한 거래를 제안했는지 궁금해했지만, '두 시간 후에 알게 될 것'이라는 말만 들었다. 그리고 그 이유는 다음 날 영창에서 렉스 하사를 보고 나서야 알게 되었다.

11. 목적지: 코네티컷 하트퍼드 — 1975

결국, 베트남은 패망했다.

미국과 유엔군의 압도적인 지원에도 불구하고 10년간 지속된 베트남 전쟁은 1975년 4월 30일, 북베트남 공산주의자들의 승리로 막을 내렸다.

이 전쟁은 미국에 정치적, 경제적, 군사적으로 손해만을 남겼지만, 한국군은 이 틈을 타 20만 정의 M-16을 확보해 본국으로 보냈다고 전해진다. 이는 비공식 집계이며, 강 소위의 비밀 임무 성과도 외부에 일절 알려지지 않았다.

그러나 20만 정의 M-16은 60만 대군을 보유한 한국군에게는 턱없이 부족했다. 더욱이, 1968년에 창설된 예비군은 6·25 전쟁 당시 사용했던 녹슨 M-1 소총을 주력 화기로 사용해야 했고, 사격 훈련 중 총이 폭발할지도 모른다는 불안감까지 감수해야 했다.

이 문제를 해결하기 위해 정부는 미국이 월남전 때 주장한 한미 상호조약을 역이용했다. 미국도 한국군의 무기 노후화를 인지하고 있었기에 큰 반대 없이 협상에 응했고, 결국 정부는 M-16 제조사인 콜트사로부터 라이선스를 획득했다. 1974년, 부산 기장군 철마면의 육군 제1 조병창에 마침내 M-16 생산 공장이 착공되었다.

"월남전에서 정말 수고했네. 비록 외부에 알려지진 않았지만, 자네의 공로가 컸다는 걸 정보부를 통해 들었네."

국방부 장관이 강한술 대위에게 악수를 청하며 말했다. 오늘처럼 특별한 치하를 받기까지 무려 10년이 흘렀고, 그동안 국방부 장관이 여섯 명이나 교체되었지만, 강한술 대위는 서운함을 느끼지 않았다. 베트남에서 이미 두 계급이나 진급했고, 비록 패배한 전쟁이었지만 부대를 대표해 무궁화 훈장을 받은 것만으로도 충분히 보람을 느꼈기 때문이다.

"오늘 자네를 부른 이유는 기쁜 소식을 전하기 위해서일세. 이미 들었겠지만, 이제 우리 손으로 당당하게 M-16을 생산할 수 있게 되었다네. 자네는 M-16과 깊은 인연이 있으니, 이 소식이 더욱 특별하게 느껴질 거야."

"그게 저 한 사람 힘썼다고 가능할 일이었겠습니까? 모두가 노력한 덕분입니다."

"그래도 자네의 그런 노력이 미군들에겐 좋은 인상을 남겼나 보더군. M-16 라이센스를 그렇게 쉽게 내줄 줄 누가 알았겠나?"

"그렇긴 하지만, 우리가 월남에서 조금만 더 늦게 철군했다면, 패전한 미군들이 버리고 간 무기들까지 다 가져올 수 있었을 텐데, 그 기회를 놓친 게 참 아쉽습니다."

"그래서 말인데, 자네에게 한 번 더 임무를 맡길까 하네."

장관은 책상 위에 놓인 서류철을 강 대위에게 내밀며 말했다.

"지금 부산 조병창의 M-16 공장은 거의 완공됐지만, 정작 거기서 일할 기술병이 없는 실정이야. 그래서 누군가 훈련생들을 이끌고 미국 콜트사에 가 6개월간 총기 제조 과정을 연수받아야 하는데, 문제는 그곳이 군수 사업체라 아무나 갈 수가 없어. 그래서 이번에 자네가 우리 훈련생들을 인솔해 그곳에 다녀오게."

뜻밖의 제안에 베트남 철군 이후 갑종장교 출신의 서러움을 몸소 느끼며 군 생활을 하던 강 대위는 의아한 표정으로 되물었다.

"베트남전에서 훌륭한 전과를 세운 육사 출신들도 많을 텐데, 특별히 저를 택하신 이유를 여쭤봐도 되겠습니까?"

장관은 담배를 한 대 꺼내어 불을 붙이며 대답했다.

"좀 특이한 일이 있었어. 미국 콜트사의 임원 중 한 명이 6·25 전쟁 때부터 한국에서 근무한 미 8군 대령 출신인데, 자네 외에는 그 누구도 허락하지 않겠다는 거야."

강 대위는 그 인물이 누군지 말 안 해도 알 것 같았다.

"당장 오늘부터 출장 준비를 하겠습니다."

"고맙네. 아, 그리고 함께 갈 훈련생 선발도 자네가 맡아주게. 자네가 직접 그 작업을 해야 콜트사의 그 까다로운 임원이 시비를 안 걸 것 같아서 말일세."

"알겠습니다. 장관님."

강 대위는 장관이 잠깐 등을 돌리는 사이, 두 가지 의미가 담긴 안도의 한숨을 내쉬었다. 하나는 전역 후 미국으로 떠난 캠벨 대령의 근황을 알게 된 것, 그리고 다른 하나는 베트남 전쟁에서 함께

한 부하들에 대한 마음의 짐이었다.

 월남에서 돌아온 후, 강 대위는 전우들에 대한 미안한 마음을 늘 가슴에 품고 있었다. 월남전 파병은 한국 경제에 큰 원동력을 제공하며 발전을 이끌었지만, 정작 목숨을 걸고 싸운 용사들은 귀국 후 소외되었고, 대부분이 어려운 삶을 이어갔다.

 그러나 이제 강 대위에게는 미국으로 연수하러 갈 훈련생들을 직접 선발할 기회를 얻으면서, 오랫동안 쌓인 마음의 빚을 갚을 절호의 기회가 찾아왔다. 게다가 국방부 장관의 지시까지 받은 상황이었다. 그리고 장관은 그를 위해 특별한 선물까지 준비했다.

 "이제 자네는 단순한 군인이 아니라, 외교관 신분을 가진 무관으로서 우리 대사관 업무도 함께 수행해야 하네. 자, 이번 임무에는 이게 꼭 필요할 걸세. 이리 가까이 와."

 장관은 강 대위의 어깨에 달린 대위 계급장을 떼고, 보좌관이 건네는 소령 계급장을 직접 달아주었다.

 "충성! 소령 강! 한! 술!"

 전장의 하우스보이로 시작한 그는 이제 대한민국 육군 소령이 되었고, 그 후 몇 년간 인생에서 가장 행복한 시간을 보냈다.

12. 그들만의 장벽 — 1978

"강 중령, 이번엔 꼭 진급해야지?"

미국 연수를 마치고 돌아온 후, 부산 철마면 조병창에서 강한술 중령과 그의 부하들이 피땀 흘려 일한 덕분에 매일 수백 정의 M-16이 차질 없이 생산되었고, 그 공로를 인정받아 한술은 빠르게 중령으로 진급했다. 갑종장교 출신으로 중령까지 오른 것만으로도 그의 뛰어난 능력을 증명했지만, 대령으로의 진급은 당시 육사 출신들이 장악한 군 구조에서 사실상 불가능했다. 이 때문에 조병창의 박 소장은 마치 자신의 탓인 양 미안해했다.

"이번에도 실패하면 그냥 옷을 벗을까 합니다."

"난 진짜 이해가 안 된단 말이야. 월남전 참전에 무궁화 훈장까지 받았고, 미 대사관 무관을 지낸 자네가 벌써 3년째 진급에서 누락된다는 게 말이 돼?"

"글쎄요, 어쩌면 우리가 공장에서 일을 너무 열심히 한 탓일지도 모르겠습니다. 이제 M-16이 남아돌아 재고를 소진하기 위해 동남아에 밀반출까지 해야 할 상황이지 않습니까?"

물론 그 일은 콜트사에게 절대 비밀이었다.

"그렇긴 하지. 뭔가 일이 좀 꼬여야 상부에서 매달릴 텐데, 이제 다들 배가 불렀어. 아니, 이건 진짜 토사구팽이잖아?"

"만약 제가 옷을 벗게 되더라도 인도네시아 밀반출 건만큼은 꼭 마무리하고 갈 테니, 걱정하지 마십시오."

"그건 굳이 부탁 안 해도 자네 성격상 잘 해낼 거라 믿네. 아, 젠장! 일하는 것만 봐도 자넨 분명 장군감인데 말이야. 하여튼 하나회 이놈들, 언젠가 자기들도 똑같이 당할 날이 꼭 올 거야!"

강 중령은 눈을 지긋이 내리깔고 하나회 소속인 박 소장의 빛나는 별 두 개를 바라보았다. 그리고 아랫입술을 꽉 깨물었다.

13. 비극의 시작 — 1980

'그래, 그렇다면 옷을 벗어야지!'

결국 대령으로의 진급은 이루어지지 않았고, 강한술 중령은 더는 군복을 입지 않기로 결심했다. 기다려도 불리한 환경이 바뀔 것 같지 않았고, 이제는 적은 월급과 진급에만 매달리는 직업 군인의 삶에서 벗어나고자 했다. 6·25 전쟁, 월남전 파병, 그리고 미 대사관에서의 무관 경력은 그의 가치를 크게 올려놓았다. 비록 썩어빠진 군부는 그의 공로를 인정하지 않았지만, 강한술은 이미 더 큰 무대로 나아갈 준비가 되어 있었다.

전역을 앞둔 강한술에게는 여러 회사에서 스카우트 제의가 들어왔다. 삼성, 대우, 현대 같은 대기업들도 당연히 포함되어 있었다. 그러나 군대에서 파벌과 견고한 체제를 뼈저리게 경험한 그는 다시 그런 불합리한 체제에 뛰어들고 싶지 않았다. 그래서 일부러 인지도는 낮지만, 성장 가능성이 있는 중견 건설사 '태평'의 제안을 받아들였다.

그 당시는 중동 건설 붐이 절정에 달한 시기로, 대기업들이 이미 자리 잡은 곳을 피해 한술은 오만, 예멘, 리비아, 케냐, 말라위 등 이름도 생소한 중동과 아프리카 여러 국가를 넘나들며 공항, 항만, 도로 공사 등의 수주를 끌어냈다. 비록 건설 관련 경험은 없었지만, 그는 유창한 영어와 미국식 사업 마인드를 바탕으로 모든 어려움을 극복해나갔다.

이에 태평은 서울로 이사 온 한술 가족들을 위해 강남의 35평 아파트를 임대해주었지만, 한술은 이마저도 빚으로 여겼다. 상경 2년 만에 그는 그 아파트를 회사에 반납하고, 처음으로 자신의 이름으로 된 전셋집을 마련했다. 23년의 군인 생활을 마치고 일반 사회인으로서 자리 잡은 한술과 그의 가족에게 이 시기는 가장 행복하고 평안한 시간이었다. 그러나 그 행복은 오래가지 못했다.

"딩동-."

"누구세요?"

"여기 강 전무님 댁이죠? 회사에서 나왔습니다."

마침 한술이 외국 출장 중이었고, 미리 연락도 없었던 탓에 그의 아내 인숙은 당황스러웠지만, 회사에서 온 사람들인 만큼 별 의심 없이 현관문을 열어주었다. 서류 가방을 든 두 명의 남자는 정장을 입고 있었고, 넥타이핀에 태평 마크가 선명했다.

"갑작스럽게 찾아와서 죄송합니다. 다름이 아니라, 회사 서류에 급히 강 전무님 인감도장이 필요한데 전무님이 귀국하시려면 아직 일주일이나 남아서…."

스무 살에 결혼해 평생 가정주부로 살아온 인숙은 회사 업무에 대해 전혀 아는 바가 없어, 그들이 요청하는 것이 당연한 일이라 생각하고 서랍장 속에 숨겨둔 한술의 인감을 의심 없이 내주었다.

"더 필요한 건 없나요?"

"아닙니다. 인주는 저희가 가져왔으니, 여기서 바로 인감 찍고 돌려드리겠습니다."

그들은 살짝 안도의 한숨을 쉬며, 무엇이 그리 급한지 집 안에 들어오지도 않고 현관에 선 채 가방 위에 서류를 올려놓고 서둘러 인감을 찍기 시작했다.

한술은 수많은 해외 계약을 성사시킬 때마다 새로운 만년필을 사서 서명에 사용했으며, 그 만년필들은 베트남전에서 받은 훈장과 함께 낮은 장 위에 가지런히 장식되어 있었다. 그래서 갑자기 찾아와 인감을 사용하는 회사 직원들의 모습이 인숙에게는 매우 낯설었지만, 평소 남에게 싫은 소리를 못 하는 성격이라 그냥 묵묵히 지켜보고만 있었다.

인숙이 그날 직원의 손에 가려 끝내 확인하지 못한 서류의 용도를 알게 된 것은 법원으로부터 등기우편을 받고 나서였다. 그들이 한술의 인감을 몰래 사용한 서류는 바로 기업 대출 연대보증 계약서였다.

보증을 서는 것이 항상 위험한 일은 아닐 수 있다. 하지만 한술이 태평건설을 퇴사한 지 1년 후, '절대 남의 보증을 서지 말라'라는 충고가 얼마나 옳았는지 여실히 드러났다. 80억이라는 금액은 개인 사업을 하려던 한술에게는 도저히 감당할 수 없는 큰돈이었다.

한술이 그 돈을 실제로 썼든 안 썼든, 은행은 기계적으로 그의 자산을 하나씩 동결하기 시작했다. 몇 달 후, 그의 아들 준욱은 생전 처음으로 집 안 가구들에 빨간 딱지가 붙는 광경을 직접 목격했고, 그날 이후 한술은 점점 더 술에 의존하며 가족들에게 험악한 주사를 부리기 시작했다. 한순간에 모든 것을 잃은 자의 절망과 분노가 드러난 당연한 절규였다.

제 2부

나는 아버지와 어머니가 어떻게 만나 결혼하게 되었는지 전혀 알지 못한다. 감히 물어볼 엄두도 나지 않았고, 사실 알고 싶지도 않다. 어머니에게도 당연히 묻지 않았다.

우리 집 분위기를 설명하자면 미역국을 먹어야 비로소 생일인 줄 알았고, 남들처럼 생일 케이크에 촛불을 켜고 축하하는 일은 없었다. 우리 집은 마치 군대처럼 엄격했다. 나중에 누나를 통해 알게 된 사실은 부모님이 짧은 연애 끝에 결혼하셨고 어려운 형편의 다섯 고모 때문에 어머니가 상당히 힘든 시집살이를 하셨다는 것이었다.

우리 가족이 아버지를 싫어했던 이유는 그의 일방적인 고집과 험악한 주사 때문이었다. 아버지는 23년간 군에 복무했고, 전역 후 시작한 사업이 어려움에 부딪히자 그 분노를 가족들에게 모두 퍼부었다. 특히 한밤중에 자는 나와 누나들을 깨워 식탁에 앉혀놓고 몇 시간 동안 이어지는 그의 주사는 정말 참기 어려웠다. 아무 말 못 하고 그저 빨리 끝나기만을 기다리는 것도 힘든데 어머니는 그 늦은 밤에 밥상을 새로 차려야 했기에 더 힘드셨다.

지금도 이해할 수 없는 것은 아버지는 밖에서 이미 식사를 하고 집에 들어와서도 어머니에게 다시 밥상을 차리게 했다는 것이다. 이 기이한 행동 때문에 어머니는 아버지를 '세상에 둘도 없는 사람'이라며 푸념하셨고 내 성격이 항상 주눅 든 겁쟁이가 된 것도 그런 이유 때문이었다.

14. 그렇게 열린 문 — 1987

'공부한다고 뭐가 달라지겠어?'

집안 분위기가 늘 어두웠던 탓에 준욱은 공부와 멀어졌지만, 여러 역관을 배출한 집안 내력 때문인지 성적은 항상 중위권을 유지했다. 그 결과, 재수 없이 서울의 4년제 대학에 무사히 합격했는데 불행히도 그의 동창들 대부분은 대학에 떨어졌고, 이 상황이 엉뚱하게도 준욱의 첫 가출로 이어졌다.

"어디 갔다 이제 오는 거야?"

밤 10시, 남자 대학생에게는 그리 늦지 않은 시간이었지만, 취기가 오른 한술은 화가 난 목소리로 준욱에게 소리쳤다.

"친구들 만나고 왔습니다."

"그놈들은 뭐 하는 놈들인데? 어느 대학교 다녀?"

"재수하는 동창들입니다."

순간 준욱의 뺨에 불이 번쩍였다.

"야, 이 자식아! 대학도 못 가는 재수생들이랑 어울리라고 내가 비싼 등록금 내주는 줄 알아? 밖에서 돈 버는 게 얼마나 힘든지 네가 알기나 해?"

평소 같았으면 준욱은 아무 말 없이 넘어갔겠지만, 그날은 이상하게도 속에서 화가 치밀어 그에게 대들었다.

"입장을 바꿔서, 제가 재수하는데 그쪽 부모에게 재수생 만나지 말라는 소리 들으면 기분 좋겠습니까?"

준욱의 말이 틀린 것은 아니었지만, 한술은 더 화가 나서 이제 멱살까지 잡았다. 이에 위기감을 느낀 인숙은 급히 중간에 끼어들어 싸움을 말렸다.

"얘야, 그만하고 일단 밖에 나가 있어."

준욱은 그 틈을 타서 급히 집 밖으로 나왔다. 몇 대 맞는 것은 참을 수 있었지만, 자신 때문에 다른 가족들까지 괴롭힘을 당할 것 같았기 때문이다.

그렇게 어쩔 수 없이 집을 나선 것이 준욱의 첫 가출이 되었다. 그리고 반바지 차림에 돈 한 푼 없이 집을 나왔다는 것을 엘리베이터 거울을 보고서야 알아차렸다.

15. 미완의 향기 — 1987

'아, 씨! 이제 어쩌지?'

막상 집을 나서긴 했지만, 빈손으로 나온 탓에 어디서 잠을 자야 할지 막막했다. 그나마 여름이라는 점이 참으로 다행이었다. 공원을 배회하던 준욱은 끊임없이 달려드는 모기떼에 지쳐, 자존심을 내려놓고 얼마 전 미팅에서 알게 된 성희에게 전화를 걸었다. 비록 함께 술 한잔밖에 마시지 않았지만, 성희의 집이 부유하다는 건 그녀의 옷차림만 봐도 알 수 있었다. 더구나 그녀의 눈빛에서 준욱을 향한 호감이 느껴졌기에, 만약 그녀의 키가 조금만 더 컸더라면 그날 바로 애인 사이가 되었을지도 몰랐다.

하지만 지금 이 급박한 상황에서 그런 건 문제가 되지 않아서 준욱은 망설임 없이 그녀에게 전화를 걸었고, 사실 이 시간에 준욱을 도와줄 사람도 성희밖에 없었다. 다행히 그녀는 기다렸다는 듯 반갑게 전화를 받았고, 통화 후 곧바로 택시를 타고 공원으로 와주었다.

"아니, 얌전한 성격인 줄 알았는데, 어쩌다 쫓겨났어?"

"쫓겨나긴, 나 스스로 나온 거야!"

"돈도 없이 나온 걸 보니 쫓겨난 거 맞잖아?"

"뭐, 어차피 나왔는데 그게 뭐 중요하겠어? 술이나 마시러 가자. 그리고 그날은 일찍 헤어져서 미안해."

"치이, 오늘도 그냥 절박하니까 불러낸 거 아냐?"

"에이, 설마 내가 하룻밤 신세 질 친구 하나 없겠어? 그냥 너 얼굴이나 볼까 해서 불러낸 거지."

"그럼 얼굴 봤으니까 나 그만 들어갈까?"

준욱은 외통수에 걸린 기분이었지만, 달리 피해 갈 방법이 없었다.

"나 경상도 출신이라, 좋아해도 좋아한다는 소리 절대 안 해. 그건 네가 알아서 판단해, 이 꽃집 아가씨야!"

땀 냄새가 나는 준욱과 달리, 성희 옷에서는 은은한 장미 향기가 풍겼다.

"웬 꽃집 아가씨? 이게 그렇게 향이 센가?"

성희는 핸드백 안에서 향수 하나를 꺼내 보였다.

"마치 장미 꽃다발에 코를 박고 있는 느낌이야, 상쾌하기도 하고! 나도 한 번 뿌려줘봐."

준욱은 얼른 자신의 몸에 밴 땀 냄새를 장미 향으로 지우고 싶었다.

"안 돼, 그건 위험해!"

"어, 치사하게 왜 이래? 그리고 위험하다는 건 또 무슨 소리야?"

"이 향수 특징이 땀 냄새랑 섞이면, 말로 표현하기 어려운 몽환적인 향으로 변하거든."

"그래? 그럼 빨리 뿌려봐! 그 향기 진짜 궁금하네."

"어휴~ 난 이거 뿌리고 애인이랑 나이트에서 땀이 날 때까지 춤추면서 그 오묘한 향기를 느껴보려고 했는데, 여기선 그냥 탈취제 취급이네."

말은 그렇게 했지만, 성희는 준욱의 땀 냄새가 그다지 싫지 않았다.

"칙-." 성희가 준욱에게 향수를 살짝 뿌렸다.

"음! 좋긴 한데, 남자한테는 안 어울리는 향이네."

"바보야, 당연하지! 이거 여성용이잖아. 네 땀 냄새랑 어울릴 리가 없지."

"그런가? 진작 말하지. 하하. 다음에 나 멀쩡할 때 나이트 한번 같이 가자!"

"왜? 나랑 애인이라도 하겠다는 거야, 아니면 그냥 향이 궁금한 거야?"

준욱은 또다시 대답하기 곤란한 질문에 걸렸다.

"야, 이러다 길에서 날 새겠어. 어서 술이나 마시러 가자."

"좋으면 좋다고 말해! 그러다 딴 놈에게 뺏기면 어쩌려고? 하하."

준욱은 그녀의 농담에 가벼운 미소를 지으며, 함께 술집을 찾아 공원을 벗어났다.

사실 준욱은 한술의 주사 때문에 평소에 술을 매우 꺼렸지만, 그날 밤은 성희와 더 가까워질 수도 있어 그녀가 따라주는 술을 모두 마셨다. 게다가, 흠뻑 취해 있어야 술값 계산할 때 성희 옆에 서 있어도 덜 무안할 것 같았다. 술이 들어가니 성희는 처음 만났을 때보다 더 예뻐 보였고, 그녀가 말한 그 향기는 굳이 나이트에서 땀을 흘리지 않아도 바로 코끝에서 느껴졌다.

자정이 가까워지자, 술집 주인아주머니는 나가라는 말 대신 옆 테이블 위의 빈 병들을 일부러 소리 내며 하나씩 치웠다.

"시간이 벌써 이렇게 됐네. 넌 어떻게 할 거야?"

준욱이 성희에게 물었다. 사실 '모텔비나 좀 빌려줘!'라고 말하고 싶었지만, 차마 그런 말을 할 용기가 없었다.

"음, 나는 한잔 더 하고 싶은데!"

뜻밖의 대답에 준욱은 속으로 기뻤지만, 내색은 하지 않았다.

"야, 성희 너 그동안 술 많이 고팠구나? 오늘 내가 가출 안 했으면 오히려 네가 더 섭섭했을 것 같은데? 하하."

"사람마다 말 못 할 사정은 다 있는 거 아니겠어? 나도 가끔은 기억 안 날 정도로 취하고 싶어. 근데 일단 자리부터 옮기자, 여기는 눈치 보이잖아."

"아냐, 늦은 밤에 길에서 헤매지 말고 어디 갈지 딱 정하고 나가자!"

"어차피 오늘 잘 곳은 있어야 하니까, 일단 방부터 잡고 술 사다 마시자. 그리고 준욱이 너, 딴생각은 하지 마! 난 적당히 마시다 집에 들어갈 거니까."

"그래, 그게 편하겠다. 혹시 모르니까 온돌방으로 잡을게. 그리고 오늘 정말 고마워, 성희야."

많은 사람들이 첫 가출은 영혼마저 힘들다고 말하지만, 준욱은 오히려 발랄하고 매력적인 아가씨와 첫날밤을 보내게 되었다.

'이제 술도 다 떨어졌는데… 언제쯤 갈 거야?' 준욱이 그날 밤 꼭 성희에게 해야 할 말이었지만, 계속 눈치만 보다가 결국 하지 못했다. 아니, 일부러 안 했다. 성희 역시 그 말을 듣지 못한 것을 핑계로 집에 갈 타이밍을 일부러 놓쳤다.

다음 날 아침, 이상한 느낌에 눈을 뜬 준욱은 자기 곁에서 아기처럼 잠들어 있는 성희를 보았다. 물론 반대편 이불은 비어 있었는데 두 이불 사이에는 술병과 잔 몇 개가 마치 국경선처럼 놓여 있었다. 밤사이 어느 쪽이 먼저 경계를 넘어 통일되었는지는 기억나지 않지만, 적어도 당분간 다시 분단될 일은 없을 것 같았다.

16. 그녀의 버킷 리스트 — 1987

"10시다. 일단 나가자."

다음 날 아침, 이미 선은 넘었지만 밝은 곳에서 성희의 얼굴을 다시 보니 준욱은 너무나 어색해 빨리 모텔을 벗어나고 싶었다. 특히 이불 사이에 놓인 채 아무 역할도 못 한 술병과 잔이 민망함을 더했다. 성희도 이 순간이 어색했던지 먼저 말을 꺼냈다.

"아, 속 쓰려. 해장부터 해야겠다. 그치?"

성희의 제안에 준욱은 난감했다. 어젯밤 큰 신세를 진 데다 오늘도 성희의 지갑이 열릴 게 불 보듯 뻔하니 그게 숙취만큼이나 그를 괴롭혔다. 차라리 뻔뻔한 성격이었다면 비싼 요리라도 청했겠지만, 얻어먹는 것도 쉬운 일이 아니었다.

"뭘 먹을까, 얼큰한 거, 아니면 시원한 거?"

"너 어젯밤에 선전포고도 없이 바로 국경선 넘었잖아? 속죄하는 마음으로 두부부터 먹어야지! 그래서 두부김치는 어때?"

성희는 살짝 웃으며 또다시 준욱을 난처하게 만들었다.

"글쎄, 어젯밤 일은 기억이 하나도 안 나는데. 그래서 내가 남자 말 무조건 믿지 말랬잖아! 그리고 두부김치는 해장이 아니라 술안

주야!"

"알아, 너 어차피 오늘도 집에 못 들어갈 거고, 그렇다고 밖에서 딱히 할 일도 없잖아?"

"아, 됐고. 어서 해장 메뉴나 말해봐."

"잘못한 건 아니 보네. 하하! 그런데 내가 평소에 정말 궁금했던 맛이 세 가지 있는데, 그중 하나로 해장했으면 좋겠어."

"그게 뭔데?"

'네가 살아온 환경을 생각하면, 못 먹어본 음식이 있을까….' 준욱은 궁금한 표정으로 그녀의 대답을 기다렸다.

"별거 아니야. 가끔 영화나 드라마를 보면서 저 음식은 대체 어떤 맛일까 궁금한 적이 있었거든. 너도 아마 공감할 거야."

마치 궁궐을 몰래 빠져나와 저잣거리 국밥집에 들른 공주처럼, 그녀의 호기심이 하나씩 드러났다.

"첫 번째는 당구장에서 배달시켜 먹는 짜장면이야. 난 아직 한 번도 당구장에 가본 적이 없어서, 그게 왜 그렇게 맛있다는지 궁금해."

"하하, 그럴 줄 알았어. 나도 가끔 생각해보면 당구장 짜장면은 정말 신기할 정도로 맛있어. 아마 내기 당구를 쳐서 그런 거 같아. 이기면 전리품 챙긴 기분이니 당연히 맛있을 테고, 지면 억울해서라도 더 맛있게 먹어야지."

"응, 듣고 보니 그럴듯하네. 다음으로 궁금한 음식 맛은 경찰서 조사실에서 먹는 설렁탕이야."

"와, 정말? 나도 그 맛은 정말 궁금해. 경찰서에 잡혀가서도 국물까지 싹 비우는 걸 보면, 진짜 무슨 특별한 맛이 있는 건가 싶기도 하고."

"마지막 세 번째 음식 맛은… 넌 뭐라고 생각해?"

'아, 진짜 사랑스럽네!' 준욱은 그녀가 바로 답을 말하지 않고, 적당히 뜸을 들이며 귀엽게 밀고 당기는 모습에 이제 그녀의 모든 것이 예뻐 보였다. 작은 키조차도.

"사형수의 마지막 식사?"

"에이, 그건 아니야. 일류 요리사가 준비해도 분명히 모래 씹는 맛일걸!"

"그럼 모내기하다가 여럿이 둘러앉아 먹는 새참은 어때? 막걸리까지 더해서 말이야."

"야, 그것도 맛있겠네. 근데 말하다 보니 세상에 궁금한 맛이 정말 많은 것 같아!"

"그래서 정답이 뭔데? 어서."

"응, 이건 정답이라기보다는 그냥 내 생각인데, 흔들리는 배 위에서 막 끓인 꽃게 라면 어때? 거기에 싱싱한 막회와 초고추장, 그리고 소주 한잔이면 더 끝내주고."

"하하, 진짜 탁월한 선택이다. 달고 부드러운 게살에 라면 국물까지 있으면, 이 세상에 그보다 더 맛있는 건 없겠다, 인정!"

"그래서 말인데, 우리 지금 월미도로 가자! 거기서 배 타고 꽃게 라면도 먹는 거야."

"좋아, 놀면 뭐 해? 당장 가자!"

성희의 손을 잡고 출발하려던 준욱이 갑자기 멈춰 섰다.

"어, 그런데 월미도에 고기잡이배가 있었나? 못 본 거 같은데."

"아이 참, 없으면 어때? 대신에 바이킹을 타면 되지."

"그래, 바이킹 타고 나서 속 울렁거릴 때 빨리 먹으면 되겠다!"

"좋아, 바이킹부터 타고 그다음에 꽃게 라면을 먹자. 회도 먹고 싶으면 맘껏 먹어. 내가 다 쏠게!"

이제 준욱은 집을 나온 것이 오히려 잘된 일 같았고, 주머니가 빈 것도 까맣게 잊었다. 그리고 어젯밤 술 취한 성희가 귓속말로 털어놓은 그녀 집안의 비밀도 함께 잊어버렸다.

17. 나만 아니면 돼 — 1988

'아이고, 이제 891일 남았네!'

준욱은 훈련에 지칠 때마다 자신의 제대 날짜를 계산해보았다. 절대 오지 않을 날 같기도 하면서 결국 오고야 마는 그날을.

할아버지의 출중한 능력 덕분에 준욱은 결국 현역으로 입대해 강원도 원주 신병 교육대에서 3주째 교육을 받고 있었다.

"부대, 제자리에~ 섯! 앉아. 10분간 휴식!"

조교의 구령에 따라 40여 명의 훈련병이 제자리에 앉아 휴식을 취하거나 담배를 피우며, 곧 있을 자대 배치에 대해 각자 들어왔던 소문들을 떠들어댔다.

"다 필요 없고 특전사랑 수색대만 피하면 돼. 거긴 군대가 아니라 생지옥이라 3년 내내 고생한다더라."

"특전사는 하사관만 가는 데 아닌가? 우리랑 상관없지."

"설마 우리 원주까지 내려와 신병 교육받고 다시 전방에 배치되진 않겠지? 원통, 양구, 양양에 떨어지면 겨울에 진짜 고생한다더라. 거긴 외박 나가도 부대 빠져나가는 데만 꼬박 하루가 걸린대."

"여기 원주가 강원도에선 최남단이야. 거의 충청도지, 뭐."

"잘 풀리는 놈 뒤에 줄 서면, 덩달아 좋은 곳으로 따라간대."

각자 한마디씩 하는 사이, 한 무리의 기간병들이 훈련병들에게 다가왔다. 1주일 후 신병 교육이 끝나면 자기 부대로 데려갈 병력을 미리 점찍어두거나, 훈련소 내에서 허드레 작업을 할 인원을 뽑기 위해서다.

"주목! 여기 무술 특기자 있나? 유단자만 손들어봐!"

몇몇 훈련병들이 손을 들었다.

"너, 무슨 무술 했어?"

"태권도 3단입니다."

"응, 됐고. 다음 너."

"저는 유도 1년 했습니다."

"응, 너도 됐고. 혹시 검도 한 사람은 없나?"

"저 검도 2단입니다!"

"음… 살짝 아쉽긴 한데, 좋아! 너 앞으로 나와."

지목된 훈련병은 일어나 엉덩이의 먼지를 가볍게 털었다.

"넌 오늘 훈련 열외다. 대신 여기 김 상병 따라 취사반 가서, 깍두기 담근다고 하니까 무 좀 썰다 와!"

주변에서 키득거리는 웃음소리가 들렸다.

"조용~ 다시 주목! 미대 나온 사람 있나?"

다시 몇몇이 손을 들었다.

"너! 전공이 뭐야?"

"만화 작가 지망생이었습니다."

"됐어, 인마. 그게 어떻게 미대야?"

훈련이 힘들다 보니 다들 어떻게든 훈련을 빠져보려고 이런저런 시도를 하지만, 결과는 신통치 않다.

"동양화나 서양화 그런 거 전공한 사람 없어?"

"제가 서양화 전공했습니다."

보기에도 왜소해 보이는 한 훈련병이 손을 들며 소리쳤다.

"학교가 어딘데?"

"홍대입니다."

"흠… 미술 하면 홍대지. 그래, 너 나와!"

조교는 물 주전자를 그 훈련병에게 건네주었다.

"고참들 족구 한다니까, 저쪽에 가서 이걸로 선 좀 그어놔."

다시 한번 훈련병들 사이에 웃음이 터지며, 고된 훈련의 피로가 한순간에 날아갔다.

"다시 주목! 이번엔 키 175 이상 되는 놈들만 앞으로 나와."

이미 긴장감이 풀린 터라 여섯 명이 아무 의심 없이 앞으로 나섰고, 그중엔 준욱도 끼어 있었다.

"아이고, 이렇게 스스로 지원해주니 정말 고맙다! 이제 너희들은 자랑스러운 36사단 수색대다. 불만 없지?"

엉겁결에 수색대원이 된 훈련병들은 얼굴이 순식간에 어두워졌고, 단지 키가 작다는 이유로 수색대를 피한 나머지 훈련병들은 웃음을 참지 못하고 이제 구르기까지 했다.

"인상들 펴라! 수색대 간다고 죽는 것도 아니고, 국방부 시계는 거꾸로 매달아도 똑같이 돌아간다."

조교는 서서히 앉아 있는 훈련병들에게로 눈길을 돌렸다.

"다 웃었나?"

순간 웃음소리가 멈추고, 정적이 흘렀다. 지금까지의 흐름으로 봐서는 또다시 예상치 못한 상황이 벌어질 것이 뻔했다.

"전장에서 서로 목숨을 지켜줘야 할 전우들끼리, 위로는 못 할망정 낄낄대면서 웃었어?"

"아닙니다!"

"아니긴 뭐가 아니야? 너희같이 의리 없는 놈들에게 딱 어울리는 부대가 있으니 내가 너희들 모두 그쪽으로 보내주겠다."

훈련병들의 비명이 터져 나왔지만, 조교는 아랑곳하지 않았다.

"휴전선 최북단! 강원도 동쪽 끝, 양양 22사단! 어때? 응?"

"제발 살려주십시오, 조교님!"

그 짧은 순간에 훈련병들을 손쉽게 다루는 조교의 노련함은 정말 감탄스러웠고, 말 그대로 국방부 시계는 훈련병들이 웃든 울든 계속해서 돌아가고 있었다. 그때, 연병장 저쪽에서 지프 한 대가 먼지를 일으키며 다가왔다.

"어이, 김 조교! 그동안 잘 지냈나?"

차에서 내린 이 병장은 방금 수색대로 선발되어 울상을 하고 있는 훈련병들을 쭉 훑어보며 말했다.

"얘네들 키를 보니 수색대는 벌써 뽑았나 보네. 김 조교는 아직도 그 방법으로 훈련병들 낚고 있구나, 여전하네!"

"그렇게라도 안 하면, 누가 제정신으로 수색대에 가려고 하겠어요? 그런데 이 병장님, 전역도 얼마 안 남았는데 여기까지 웬일이세요? 혹시 후임 찾으러 오셨나요?"

"응, 인사계가 제대로 된 후임 안 구해오면, 나 제대 안 시켜준다고 하네."

"아, 그렇군요. 저는 이미 수색대 할당량 다 채웠으니, 이제 병장님이 원하는 대로 뽑아 가세요."

"야, 건더기 다 건져 먹고 국물만 남았잖아?"

"군대에서는 소가 장화 신고 발만 담가도 소고기 국인데, 이 정도면 양반이죠. 하하."

"알았어. 내가 알아서 챙겨갈게. 자, 여기 운전할 줄 아는 사람?"

이 병장이 부드럽게 물었지만, 이제 두려움에 아무도 손을 들지 않았다. 다만 수색대가 정말 싫은 준욱만이 주저하며 손을 들었다.

"혹시 제가 지원해도 되겠습니까?"

"그래? 좋아. 키도 그 정도면 괜찮고. 서울 지리는 잘 알아?"

"태어나 서울에서만 20년 이상 살았습니다!"

어떻게든 수색대를 피하고 싶은 마음에 거짓말까지 나왔다.

"오케이. 가끔 서울 올라갈 일도 있거든. 너 당첨!"

"와, 이 병장님은 그 와중에 왕건이 한 놈만 독사같이 빼 가시네요!"

"야, 나도 제때 전역해야 할 거 아냐? 그리고 너! 내가 다음 주에 데리러 올 테니까 그동안 사고 치지 말고 훈련 잘 받아."

이 병장은 자기 소속을 끝내 밝히지 않고, 타고 온 차를 몰아 사라졌다. 잠시 후, 그 무시무시한 조교가 준욱에게 슬그머니 다가와, 갑자기 친근하게 말을 건넸다.

"너 혹시 부대 밖에서 나 만나면 내 얼굴 꼭 기억해라."

"아니, 왜 그러십니까? 조교님?"

조교는 기대감과 두려움이 뒤섞인 모호한 표정으로 답했다.

"너 이제 헌병이야!"

18. D. P. — 1988

　　후임들이 부대 내에서 가장 싫어하는 두 곳은 화장실 뒤와 테니스장이었다. 이곳은 이른바 '집합' 장소로, 사실상 후임들을 두드려 패는 군기 잡기 용도로 자주 이용되었다.
"끄으으으."
"똑바로 안 해!"
　새로 들어온 신병들이 맨땅에 머리를 박으며 고통스러운 신음을 냈지만, 선임 일병의 화는 여전히 가라앉지 않았다.
"내가 소원 수리 조심하라고 했어? 안 했어? 도대체 어떤 놈이 돈 걷어서 고참들 전역 기념패 사준다고 찌른 거야?"
　국방부에서는 6개월마다 부대 내 가혹 행위나 불법 금전 모금 여부를 조사하는 설문을 하러 오곤 했다. 그런데 항상 눈치 없는 신병들이 답변을 잘못해 부대가 발칵 뒤집히기 일쑤였다.
"누군지 대답 안 해? 오늘 한번 죽어보자 이거지? 왼쪽부터 한 놈씩 나와."
　준욱이 가장 먼저 일어나 차렷 자세를 취하며 고개를 30도 각도로 꺾었다. 이 각도는 선임이 오른손 수도로 내리치기에 가장 좋은 각도였다.

"획-."

"억!"

"아쭈, 이놈 봐라! 관등성명도 안 대? 위치로!"

"위치로!" 준욱은 다시 고개를 꺾었다.

"획-."

"으으, 이병! 강준욱!"

신체 중 가장 약한 부분인 목에 선임의 매서운 손날이 닿으면 잠깐 눈앞이 깜깜해지며 엄청난 고통이 밀려왔지만, 준욱은 머리를 땅에 박는 것보다 이것이 더 낫다고 생각했다. 고통의 시간은 이게 더 짧았으니까.

"다음 나와! 위치로!"

"위치로!"

신병들이 차례로 일어나 목을 내밀었고, 그들의 육체와 영혼이 선임의 손에 복날 개들처럼 털릴 즈음, 군부대와는 어울리지 않는 청바지를 입은 민간인이 지나가다 발걸음을 돌려 그들 쪽으로 다가왔다.

"어이, 일병감! 적당히 해라."

"사제 인간은 부대 일 신경 쓰지 마시고, 가던 길 가십시오~."

헌병대에서는 선임 일병을 '일병감'이라 불렀는데, 그걸 아는 걸 보니 이 민간인은 헌병대 소속인 게 분명했다.

"야~ 너희들이 그렇게 쥐어패니 애들이 탈영하지! 뭔 나라에 충성할 일 있다고 그딴 거에 인생을 거니? 적당히 해!"

"아- 이 새끼들이 소원 수리에 고참들이 돈 걷는다고 써서 지금 부대가 발칵 뒤집혔어요."

"걷는 거 맞잖아? 그리고 그거 우리만 들킨 거 아니고, 타 부대도 마찬가지야. 그러니 그만하고 넌 가봐. 내가 가르칠게."

일병감이 툴툴거리며 떠나자, 그 민간인이 다정하게 말했다.

"군대가 참 지랄 같지? 국방부에서 소원 수리 명분으로 고참들이 돈을 걷냐, 안 걷냐 질문하는 게 아니라, 처음부터 의도적으로 '돈을 얼마나 걷냐'를 물어보는 거야. 그리고 보기를 10,000원, 8,000원, 5,000원, 3,000원 이렇게 주면, 너희는 그나마 3,000원이 제일 적으니까 그걸 선택했겠지. 그리고 바로 그 3,000원 때문에 지금이 난리가 난 거고."

"억울합니다. 저희는 고참들이 피해 볼까 봐 그런 건데."

"하하, 그래서 군대에서는 머리 좋은 놈보다 요령 있고 눈치 빠른 놈이 더 유리한 거야. 가끔 박사 출신들이 뒤늦게 군대 오기도 하는데, 그 때문에 부대가 한동안 뒤집어져. 군대에서는 적당히 똑똑하거나 적당히 멍청한 게 최고야. 그러니 너희들도 딱 중학생 수준까지만 생각해. 열심히 머리 굴릴 필요도 없어! 그리고 고참들이 좀 때린다고 탈영할 생각은 절대 하지 마라. 내가 피곤해진다."

"근데 선임님은 누구신가요?"

"응, 너희는 나 처음 보는구나. 난 D. P.야. 탈영병 체포조."

"아, 그래서 머리 기르고 부대 밖으로 돌아다니시는 거구나."

조금 전까지 목을 조여 온 통증도 잊고, 신병들은 선망의 눈빛으로 D. P. 선임을 올려다보았다.

"응, 나도 처음엔 그게 멋져 보여서 지원했어. 그런데 막상 다녀보니 끔찍한 걸 자주 보게 되더라. 이젠 지긋지긋해."

"뭐, 어떤 걸 보셨길래요?"

"탈영한 애들은 대부분 끝이 안 좋아. 우리나라에선 진짜 탈영하고 제대로 살기 어려워. 차라리 빨리 잡히는 게 탈영병들에겐 최고의 복이지. 어떤 탈영병은 산에서 10년을 숨어 살았는데, 군대가 아무리 힘들어도 3년이면 끝나잖아? 왜 산에서 10년을 숨어 살아? 그래도 그놈은 살아서 다행이지. 여태까지 안 잡힌 놈들은 대부분 어디 숨어 있다가 죽었다고 보면 돼."

초롱초롱했던 신병들의 눈빛이 한순간에 실망으로 바뀌며 모두 땅을 바라봤다.

"D. P. 하고 싶으면 언제든 얘기해."

"아닙니다. 저희들은 그냥 부대 안에서 이대로 맞고 살겠습니다."

"생각 잘했다. 너희들도 고참 되면 후임들 괴롭히지 말고!"

단지 입대를 늦게 한 죄로 고된 생활을 하던 그들에게 그렇게 따뜻한 위로를 해주는 선임은 처음이었다.

"자, 이제 들어가봐. 일병감 또 화내겠다. 아, 그리고 너!"

D. P. 선임은 뜬금없이 떠나려는 준욱을 불렀다.

"너, 애인 도망갔다며?"

처음 보는 선임이 갑자기 애인 얘기를 꺼내자 준욱은 의아했다.

그가 아까부터 자신의 명찰을 유심히 바라보던 게 이상하다고 느꼈지만, 그렇게 직접 애인 이야기를 꺼낼 줄은 몰랐다.

"아니, 그걸 어떻게 아십니까?"

"얼마 전에 전역한 이 병장과 서울에서 술 한잔했는데, 네 애인 도망갔다며 너 상병 달 때까지만 잘 봐달라고 부탁을 하더라."

준욱은 전역 후에도 자신을 걱정해주는 사람이 있다는 생각에 눈물이 글썽거렸다.

"2년 금방이야. 힘들어도 참아, 응?"

"제가 뭐, 총이라도 들고 탈영할 거 같습니까?"

"그래, 제대하고 사회 나가면 길거리 반은 여자야! 사소한 것에 목숨 걸지 마. 사실 여자 문제로 탈영한 놈들은 나중에 다 후회해. 그때 내가 왜 그랬을까 하면서."

"혹시 그 애 소식 좀 알 수 있을까요?"

"응, 이 병장이 너 자고 있을 때 그 애한테 온 편지에서 주소를 따놨길래 내가 미리 뒷조사 좀 했지. 혹시나 네가 튀어 나가면 바로 잡으러 가려고. 하하."

'아, 이 병장님…' 준욱은 문득 훈련병 시절 처음 만났던 이 병장의 자상한 미소가 떠올랐다.

"그 애 유학 갔다."

"네? 성희는 공부하고는 담쌓은 앤데?"

"너도 알겠지만, 그 애 부모가 이혼한 후 엄마 혼자 명동에서 돈놀이로 딸 셋을 키웠잖아. 그 애는 장녀고. 그런데 집안에 누군가는 그 사채업을 이어받아야 하는데, 젊은 여자애가 그런 걸 배우려 하겠어? 결국 옥신각신 끝에 유학 가는 것으로 합의 봤겠지."

성희의 평소 씀씀이와 반항적인 태도를 생각하면, 그 상황은 준욱에게 별다른 설명이 필요 없었다.

"집안 문제로 도망간 거라면, 네가 제대할 때쯤 다시 만날 수도 있겠네. 그때까지 네 마음이 안 변한다면!"

"에이, 설마요? 절대 그럴 일 없습니다."

"과연 그럴까? 넌 지금은 감옥 같은 군대에 갇혀서 그 여자 때문에 죽네 사네 하지만, 제대하고 사회 나가면 3년 넘게 만난 여자가 슬슬 지겨워질 수도 있어."

"…"

"그러니까 피장파장이라 생각하고, 깨끗하게 잊어버려."

"혹시 어디로 유학 갔는지 알 수 있을까요?"

"햐, 이놈 봐라. 잘 대해주니 머리끝까지 오르려고 하네. 어디 있는지는 알지만, 너 상병 달 때까지 절대 안 알려줄 거야."

"저를 못 믿으시는군요?"

"야 이놈아, 내가 너 오늘 처음 봤는데 뭘 믿어?"

"알겠습니다. 상병 될 때까지 참아보겠습니다."

"생각 잘했다. 진짜 힘들면 다음에 나 만날 때 얘기해, 다른 부대로 보내줄게."

"정말요? D. P.가 그렇게 빽이 센가요? 부대를 옮길 만큼?"

"아니, 나 말고 정보부라면 가능하지."

"저는 거기 아는 사람이 없는데요…."

"넌 모를지 몰라도 정보부에서는 너를 아는 사람이 한 명 있을 걸. 잘 생각해보면 너도 기억날 거야."

준욱이 곰곰이 생각해보니, 아버지와 친한 분이 정보부에서 일한다는 이야기를 들은 적이 있었다. 그의 이름은 김지민이었고, 지금 준욱 앞에 있는 이가 바로 그의 아들, D. P. 김교한 상병이다.

"그냥 헌병대에 있겠습니다. 김 상병님도 계시잖아요!"

19. 펼쳐진 낙하산 — 1989

재산 압류는 사실상 사업가에게 사형선고와 다름없다. 한술은 죽을힘을 다해 하루하루를 버텼고, 자신의 무고함을 증명하기 위해 법정을 오갔다. 하지만 그의 노력에도 불구하고 사회적으로 그는 이미 신용불량자로 전락했다. 아마 군에서 쌓은 인맥이 없었다면 몇 달도 버티지 못했을 것이다. 다행히 그의 성실함과 추진력을 아는 몇몇 퇴역 장군들이 기꺼이 퇴직 연금을 그에게 맡겼고, 이는 그나마 버틸 힘이 되었다. 그러나 연대보증금 80억과 불어난 연체이자까지 모두 해결하지 못한다면, 이 참담한 현실은 결코 바뀌지 않을 것이다.

"이번에 감사실에 또 낙하산 내려왔다는데?"

H은행 휴게실에서 담배를 피우던 두 사원이 쑥덕거렸다.

"뭐, 낙하산 인사가 하루 이틀인가?"

"이번엔 좀 특이해. 정보부에서 일했다는 소문이 돌던데."

"어디서 왔든 간에, 은행과 아무 관련성도 없는 사람이 왜 은행 감사실에 이사로 와? 이젠 웃기지도 않네."

"그렇지? 제발 아무 일도 하지 말고, 다음 선거 때까지 조용히 월급이나 받고 갔으면 좋겠다."

하지만 그들의 기대와는 달리, 그 이사는 첫 출근날부터 담당 팀장을 호출했다.

"지시하신 미결 상태인 고액 채권 소송들을 정리해 왔습니다."

"수고했네."

"이런 문제는 보통 사내 법무팀에서 관리하는데, 무슨 문제라도 있는지요?"

"아니, 그냥 궁금한 게 있어서…."

이사는 서류철을 빠르게 훑어보며 물었다.

"만약에 채무자가 채무를 끝내 해결하지 못하면, 회사에서는 최종적으로 어떻게 처리하나?"

"추심업체에 채권을 넘기거나, 결손 처리해서 털어버립니다."

"그걸 누가 결정하지?"

"보통 이사회나 행장이 결정합니다. 어차피 자산 가치도 없고, 그 단계까지 가는 데 몇 년씩 걸리기 때문에 아무도 신경 쓰지 않습니다. 아마 이사님이 의견을 내셔도 별 반대 없이 이사회에서 통과될 겁니다."

"그럼 이 건을 이번 이사회 때 안건으로 올려주게. 금액을 보니 개인이 쓴 것 같지는 않은데…."

그가 내민 낡은 서류철에 굵은 글씨로 쓴 라벨이 눈에 띄었다.

'강한슬: 80억(1981년)'

"혹시 아시는 분입니까?"

첫날부터 이상한 지시를 하니, 팀장이 의아해 물었다.

"아니, 몰라. 하지만 국가는 분명히 그 이름을 기억할 걸세. 그만 나가보게."

팀장이 이상하다는 듯 고개를 갸우뚱거리며 나가자, 그는 의자를 뒤로 젖히며 안도의 한숨을 내쉬며 담배에 불을 붙였다. 책상 위 자개로 수놓아진 검은 명패에는 그의 직함과 이름이 은빛으로 빛나고 있었다.

'이사 김지민'

한술을 9년간 쫓아다니며 괴롭혀온 이 악령을 처리하는 데 지민이 쓴 시간은 단 5분이었다. 하지만 큰 짐을 덜었다고 해서, 이미 망가질 대로 망가진 한술의 인생이 크게 달라질 일은 없었다.

20. 선택 없는 선택지 — 1992

"야, 너 같은 놈도 졸업은 하는구나. 나보다 낫네!"
 준욱은 내성적이고 조용한 성격 덕분에 군 생활 내내 눈에 띄는 행동을 하지 않았다. 그래서 헌병대 출신이라면 다들 한 번쯤 겪는 영창도 가본 적이 없었다. 비록 성희 문제로 힘든 시기가 있었지만 무사히 만기 전역했고, 이제 그는 대학 졸업을 앞두고 있었다.
 "아흐, 추워~ 졸업식이고 뭐고, 가서 술이나 한잔하자."
 "그래, 그러자. 어차피 넌 수업도 맨날 빼먹었는데, 식장에 네 얼굴 기억하는 놈이 얼마나 있겠어?"
 준욱은 그의 첫 가출의 원인을 제공했던 수영과 함께 중국집으로 발걸음을 재촉했다.
 "이제 뭐 하고 살 거야? 장사라도 할 거야?"
 두 번의 시도 끝에 결국 대학을 포기하고, 일찌감치 식당을 차린 수영이 술을 따르며 물었다.
 "야, 장사는 뭐 맨손으로 하냐? 돈이 있어야지."
 "그럼 돈 들어가는 건 일절 못하겠고, 그냥 얌전히 넥타이 매고 회사나 다녀야겠네?"

"글쎄다. 성적이 나빠서 작은 회사 들어가기도 빠듯할 텐데…."
"그렇다면 고민할 필요도 없잖아. 그냥 아버지 회사로 가!"
한술의 술버릇은 준욱 친구들 사이에서도 널리 알려진 일화였다. 스무 살짜리 남자 대학생이 밤 10시에 집에 들어온 걸 가지고 난리를 피워, 야밤에 반바지 차림으로 쫓아냈으니까.
"야, 미쳤냐? 집에서 얼굴 마주 보는 것도 환장하겠는데, 온종일 같은 사무실에서 있으라고?"
"그것도 네 팔자야. 그 생활이 싫었으면 죽어라 공부해서 일찌감치 집에서 탈출했어야지. 나처럼."
"짜식이~ 자기는 꼭 노력해서 독립한 것처럼 말하네. 부모 잘 만난 덕이면서."
그렇게 의미 없는 대화로 티격태격하는 사이, 술이 떨어졌다.
"한 병 더 시킬까?"
앞날에 대한 불안과 짜증으로 취기가 덜 오른 준욱이 물었다.
"아니, 그래도 네 졸업식인데 가서 학사모 쓰고 사진이라도 한 장 남겨라. 나중에 나처럼 후회할지도 모르잖아?"
둘이 중국집을 나와 졸업생들로 가득한 교정을 들어서니 저 멀리 낯익은 얼굴 하나가 준욱에게 다가왔다. 한술의 회사에서 일하는 미스 김이었다. 그녀의 본명은 따로 있었지만, 지민이 '지미'라고 불렀듯, 준욱에게는 '미스 김'이라는 호칭이 더 익숙했다.
"아이 씨, 추워 죽겠는데, 어디 있다 지금 오는 거예요?"
미스 김은 밖에서 오래 기다린 듯 발을 동동 구르며 말했다.

"아유~ 누가 부전자전 아니랄까 봐 대낮부터 술이나 퍼마시고!"
"학생 신분으로는 오늘이 마지막이니까 한 번 봐줘요. 하하."
"아, 됐고요, 이거 받아요. 사장님이 갖다주래요."

미스 김은 평범한 꽃다발을 내밀었다. 평생 생일상 한 번 안 차리는 집안이었기에, 준욱은 졸업식에 가족이 오지 않는 것에 서운해하지 않았다. 오히려 이 자리에서 한술을 마주하지 않는 것이 다행이라고 생각하며, 준욱은 말없이 꽃다발을 받았다.

그것은 준욱이 태어나 처음 받아보는 꽃다발이었다. 한술은 준욱이 자라는 동안 대부분의 시간을 전쟁과 출장으로 외국에서 보냈다. 그래서 준욱에게 졸업이란 그냥 중국집이나 뷔페에 가서 친구들과 맛있는 음식을 먹는 날일 뿐이었다. 가족이 동행한 적도 없었고, 그 식당에서 먹을 음식값만 쥐여주며 "수고했다"라는 말로 끝나곤 했다.

"그래도 네가 아쉬운가 보다. 꽃다발까지 보내준 걸 보면, 하하."

수영의 농담에도 준욱은 웃지 못했다. 대신 어젯밤 어머니의 간절한 당부가 떠올랐다.

'너 어디 취직할 데 있니?'

'아니, 이제부터 찾아봐야지.'

'갈 데 없으면 그냥 아버지 회사에 가라. 그동안 너희들 먹여 살리느라 고생 많이 했잖니.'

사실 어젯밤 인숙의 입에서 한술을 두둔하는 말이 나온 것은 굉장히 의외였다. 오히려 인숙이 준욱보다 더 한술을 원망할 줄 알았기 때문이다.

'아니, 직원들 월급도 제때 못 주는 회사에 가서 뭘 배우라고?'

'그러니까 너라도 가야지. 너희 아버지 매일 술 마시는 거 보면 불쌍하지도 않니?'

준욱은 더 이상 반박하지 않았다. 모친도 참고 견디는데, 자식이라고 별수 있겠는가? 그때, 수영이 그의 어깨를 툭 치며 준욱을 깊은 생각에서 깨어나게 했다.

"나 이제 가볼게, 오늘 장사 준비해야지."

"그래, 바쁜데 와줘서 고마워."

미스 김에 이어 수영까지 떠나고, 캠퍼스는 졸업생과 그 가족들이 빠진 채 더욱 넓고 쓸쓸해 보였다.

'미친 척하고 가볼까? 어머니가 그렇게까지 부탁하는데.'

그런 생각이 머릿속을 맴돌았지만, 결심을 굳히는 데는 그리 오래 걸리지 않았다. 당장 준욱이 갈 만한 다른 직장은 없었으니까.

21. 태풍의 흔적 — 1992

'아이고, 여길 내 발로 오네!'

준욱은 한숨을 쉬며 사무실 문을 열었다. 한술의 회사는 처음 시작할 때에 비해 인원도, 사무실 크기도 1/4로 줄어들었다. 가장 성장해야 할 시기에 갑작스러운 80억 채무가 생기면서 신규 사업은커녕 사무실 유지도 버거운 상황이었다. 오히려 돈을 빌리기 위해 주변 사람들을 만나러 다니는 게 일상이 되었다.

준욱은 내키지 않는 첫 출근을 했지만, 사무실 환경은 낯설지 않았다. 한술의 대리운전을 해주느라 오래전부터 들락거렸고, 지금 남아 있는 하 과장, 정 부장, 이 차장은 모두 친척뻘이었다. 다만 미스 김만이 유일하게 혈연이 아닌 사람이었다.

"야, 이거 거의 10년 묵은 신입이 들어왔으니, 오늘 회식이라도 해야겠네! 난 네가 삼성이나 현대로 갈까 봐 잠도 못 자고 걱정했거든. 하하."

비록 한 살 많았지만, 말을 놓고 지내는 하정균 과장이 놀리듯이 반겼다.

"난 사람 많은 회사 딱 질색이야! 미스 김도 알지, 내 성격?"

"아이고, 놀고들 있네요. 안 그래도 통화요금 밀려 전화도 끊길 참인데, 무슨 회식이에요?"

경리답게 딱 부러지는 성격의 미스 김이 쏘아붙였다. 동갑내기 여성을 '미스 김'이라 부르는 게 좀 이상하긴 했지만, 한슬이 그녀를 계속 그렇게 부르니 오히려 그게 이름인 듯 친근했다. 그녀가 박봉에도 불구하고 끝까지 이 회사에 남아 있는 이유가 은근히 유머러스하고 밝은 성격의 하정균 과장 때문이라는 건, 건물 청소 아주머니조차 쉽게 눈치챌 수 있었다.

주식회사 '대양'은 겉보기엔 번듯한 무역회사였지만, 실제로는 수익을 내는 주력 아이템 하나 없는 구멍가게나 다름없었다. 회사 내 좁은 샘플실에는 천 가지의 잡동사니들이 먼지가 쌓인 채 외국에 팔려 나갈 기회를 기다리고 있었다. 이 모든 상황은 꼼꼼하고 적극적인 한슬의 성격과는 전혀 맞지 않았고, 이대로라면 언제 부도가 나도 이상할 게 없었지만, 안타깝게도 이를 벗어날 아무 방법도 없었다.

막상 출근은 했지만, 준욱은 특별히 할 일이 없어서 멍하니 앉아 있다가 하 과장에게 말을 건넸다.

"가장 최근에 수출한 게 언제야?"

"글쎄, 반년도 넘은 것 같은데? 난 아직도 이 회사가 안 망한 게 진짜 신기할 정도야."

미스 김도 답답한 듯 한마디 거들었다.

"게다가 신기한 게 또 하나 있어요. 사장님은 그 많은 돈을 나중에 어떻게 다 갚으려고 그렇게 악착같이 빌려 오는지 모르겠어요.

그리고 그 돈 빌려주는 사람들도 진짜 이해가 안 되고요."

준욱은 그 이유를 어렴풋이 알고 있었다. 한술의 대리운전을 위해 늦은 밤 술자리에 미리 도착해 대기하다 보면, 가끔 그의 술자리에 참석한 지인이나 선후배들과 마주치는데 그들은 한결같이 한술을 따르고 존경한다고 말했다.

'네 아버지 진짜 대단하신 분이다. 잘 모셔라.'
'진짜 세상에 둘도 없는 분이야. 굉장한 분이셔.'
'한창 친구들이랑 놀 나이일 텐데 아버지 운전해주러 왔구나. 아버지 닮아 잘 컸네.'

준욱은 도대체 이해가 안 됐다. 집에서는 최악의 인간인데, 왜 밖에서 만나는 사람마다 모두 다 그를 칭찬만 하는지….

갑자기 하 과장이 차 키를 던지는 바람에 준욱은 회상에서 퍼뜩 깨어났다.

"첫날부터 심심하지? 앞으론 이게 일상이 될 거니 그만 즐기고, 마침 오늘 삼성동 코엑스에서 산업 기계 박람회가 열리니까 가서 업체별로 카탈로그 10부씩 챙겨 와!"

"그거 가지고 뭐 할 건데?"

"뭐 하긴? 외국 바이어가 그 기계를 찾으면 우리가 팔아먹어야지. 그게 무역회사 업무잖아!"

"아니, 외국 바이어가 메이커에서 직접 사면 더 싸게 살 텐데, 왜 굳이 우리한테 사? 바보야?"

"아이고 답답아~ 잘 들어봐. 저쪽 외국 바이어가 현대자동차에

차 한 대 사겠다고 견적 달라고 하면 대꾸나 하겠어? 그냥 대리점 가서 사라고 그러지. 반대로 우리가 프랑스 와인 회사에 포도주 5병 주문하면 뭐라 하겠어? 똑같아. 최소한 한 컨테이너 정도는 주문해야 답장을 해줘."

"아~ 그러니까, 주문 수량이 적으면 우리 같은 작은 무역회사를 통해서만 거래가 가능한 거구나!"

"그렇지. 여기 인터넷에서 한국 무역협회 홈페이지 들어가면 매일 외국 바이어들의 구매 요청 글이 올라오니까, 앞으로 심심할 때마다 거기 들어가서 우리가 팔아먹을 아이템이 있는지 찾아봐."

"그렇게 바이어를 찾아서 연락하면 실제로 거래가 성사되긴 해?"

"그게 말처럼 쉽지가 않으니까, 우리 회사 형편이 이 모양 이 꼴이지. 그나마 사장님 영어 실력이 워낙 출중해서 이 정도라도 유지하는 거야. 그거 알아? 국내에서 매일 무역회사 10개가 새로 생기고, 또 망하고 그래."

'아, 이놈의 회사에 오는 게 아닌데…'

준욱의 억울한 마음을 읽었는지 하 과장이 한마디를 더 보탰다.

"그렇다고 사장님 원망하지 마라. 그 사정 네가 제일 잘 알잖아!"

다 듣고 나니 한숨이 절로 나왔지만, 준욱은 차 키를 들고 코엑스로 향했다.

'얼른 카탈로그 챙겨놓고, 영화나 한 편 보면 되겠네.'

22. 플라스틱 풍선 — 1993

준욱이 첫 출근을 한 지 꽤 오랜 시간이 흘렀지만, 하 과장의 말대로 실제로 수출을 성사시키는 일은 드물고 어려웠다. 그러자 한술은 이제 더 이상 자유국가에는 수출할 나라와 아이템이 남아 있지 않다고 생각했는지, 더 위험하고 까다로운 공산국가와의 무역에 손을 대기 시작했다.

아직 먹고살 만한 다른 무역회사들은 공산국가와의 거래를 극도로 꺼렸지만, 빌린 돈이 산더미처럼 쌓인 한술에게는 그런 것을 따질 여유가 없었다. 만약 리비아에서 카다피라는 젊은 군인이 혁명에 성공하지 못했거나, 베트남 호찌민시의 후이멍이라는 부패 관리가 한국에서 건설자재나 잡화를 수입하지 않았다면, 주식회사 대양은 준욱에게 두 달 치 월급을 밀린 채 폐업했을 것이다.

한술의 피나는 노력은 그의 여권을 통해서도 느낄 수 있었다. 비자 받을 칸이 더 이상 남지 않아 그는 4번째 새 여권을 발급받아 사용했으며, 다 쓴 여권은 버리지 않고 호치키스로 찍어 책처럼 만들어서 비행기 기장마냥 외국을 바쁘게 돌아다녔지만, 성과는 거의 없었다. 그러던 어느 날, 평소에 말이 없던 인숙이 웬일로 한술에게 먼저 전화를 걸어왔다.

"근처에 와 있으니, 안 바쁘면 제 동창이랑 식사 같이해요."

"당신 동창이랑 밥 먹는데 내가 거길 왜 가? 됐어!"

"친구 남편도 같이 나와서 그래요. 그쪽도 사업한대요."

"요즘 사업 안 하는 놈이 어디 있어? 개나 소나 사장님이지!"

"어쨌든 나와서 식사나 하세요. 점심시간이잖아요."

남자들끼리의 만남에 아내가 동행하는 경우는 종종 있어도, 그 반대는 매우 드물었기에 한술은 한사코 거절하려 했지만 결국 수락하게 되었다. 그리고 회사 근처 호텔 한식당에서 어색한 만남이 이루어졌다. 두 여자 동창이 인사를 나누며 수다를 떠는 동안, 잠자코 구경만 하던 두 남자가 마침내 말문을 열었다.

"처음 뵙겠습니다. 강한술이라 합니다."

"네, 저는 유동진입니다. 이거 뭐, 분위기가 꼭 상견례 자리 같네요. 하하."

상대의 첫인상이 나긋한 신사 같아서, 한술은 긴장감이 풀렸다.

"그냥 앉아 있으려니 뻘쭘한데, 술이라도 한 병 시킬까요?"

"네, 그러시지요. 술 좋아하신다 들었습니다."

한술은 속으로 뜨끔했지만, 결국 소주 한 병을 주문했다.

"월남전에 참전하셨다는데, 고엽제 후유증은 없으신지요?"

"말도 마세요. 요즘 먹고살기 바빠서 아플 시간도 없습니다."

얼떨결에 대답은 했지만, 한술은 속으로 하루라도 술을 안 마시면 바로 다음 날부터 몸 어딘가가 반드시 아프리라 생각했다.

"실례지만 무슨 일을 하시는지요? 저는 외국으로 이것저것 잡화를 수출하는 무역업에 종사합니다."

"저는 김포에서 작은 공장을 하나 운영하고 있습니다. 생산품은 비닐봉지고요."

"포장이나 쓰레기 담을 때 쓰는 거요?"

"네, 담는 물건의 종류로 따지면 아마 수백 종이 넘겠죠."

"음… 비닐봉지는 보통 한 장에 얼마씩이나 합니까?"

"얼마 안 합니다. 한 장에 고작 몇십 원입니다."

"아니, 그렇게 싸게 팔아서 인건비나 나오나요?"

어색할 것 같은 자리였지만, 술 한잔하며 편하게 대화를 나누다 보니 한술은 점점 이야기에 빠져들었다.

"단가는 낮습니다만, 그 대신 최소 5만 장은 넘어야 주문을 받기 때문에 공장 유지하는 데 큰 어려움은 없습니다."

"그런데 비닐봉지는 어떻게 만드나요?"

"공기로 불어서 만듭니다."

"불어서 만든다고요? 풍선처럼?"

"네, 플라스틱 원료를 녹여 좁은 구멍으로 밀어내면서 그 안에 뜨거운 공기를 불어 넣으면 풍선처럼 부풀어 오릅니다. 그걸 반대편에서 찬 공기로 식히면서 롤러에 감으면 두루마리 휴지처럼 길게 이어진 비닐봉지가 되죠. 그다음에 상품명을 인쇄하고 절단기로 자르면 완제품이 나옵니다."

"별거 아닌 것 같은데, 꽤 복잡하군요."

"내일이라도 공장에 오시면 보여드릴게요. 복잡한 거 같아도 각각의 기계가 하는 일에 다 이유가 있습니다."

"아, 그렇군요. 저는 플라스틱 제품을 팔면서도 그런 건 몰랐네요. 그런데 사장님 말씀을 듣다 보니 저는 오히려 플라스틱 생산 라인에 더 흥미가 생깁니다."

"네, 플라스틱 사업은 완제품을 판매하는 것도 좋지만, 그 생산 라인을 파는 것도 상당히 사업성이 좋습니다. 일단 생산 라인 하나를 구축한 뒤 금형만 바꾸면 수백 가지 제품을 다양하게 만들어 낼 수 있죠."

"금형이요?"

"네, 우리말로는 '틀'이라고 하고, 영어로는 '몰드(mold)'라고 합니다. 두 개가 한 쌍을 이루는 금속 덩어리입니다. 아이들 달고나에 사용하는 우산이나 별 모양도 일종의 금형입니다. 물론 그건 간단한 예지만요. 하하."

"아, 그럼 설탕이 플라스틱이군요! 그런데 사장님, 설명을 참 쉽고 재미있게 해주시네요."

"그런가요? 감사합니다. 앞으로 플라스틱 관련해서 제가 도울 일이 있다면 언제든지 말씀하세요."

"네, 감사합니다! 그리고 내일 당장 저희 직원과 함께 김포 공장을 방문하겠습니다."

성격이 급한 한술은 일을 미루지 않았다. 다음 날 그는 화학을 전공한 하 과장과 기계공학을 전공한 준욱 중 누가 플라스틱 사업을 맡는 것이 더 좋을지 고민했고, 결국 하 과장을 데리고 김포로 향했다. 이 판단은 나중에 훌륭한 결정으로 판명되었지만, 그 과정은 한술이 예상한 것과는 전혀 딴판이었다.

23. 끝나지 않는 마침표 — 1995

　　다른 날처럼 한술은 사무실에서 한가로이 TV를 보며 시간을 보내고 있었는데, 뜻밖의 전화 한 통이 걸려왔다.
"네, 강한술입니다. 아니, 언제요?"
한술의 놀란 목소리로 보아 큰일이 생긴 듯했고, 전화를 끊은 후 그는 급하게 준욱을 불렀다.
"집에 가서 어두운색 양복과 넥타이 가져와라. 장례식 갈 거다."
한술이 방금 받은 전화는 김지민의 부고였다. 먹고살기 바빠 최근 몇 년간 만나지 못했는데, 그는 너무나 갑작스럽게 지병으로 세상을 떠났다. 한술은 슬픔과 혼란을 가라앉히려 깊게 담배 연기를 내쉬며, 지민과 함께했던 지난날들을 떠올렸다.
부대 앞에서 처음 만난 날, 둘이 나란히 마릴린 먼로의 공연을 보던 날, 부채로 힘들어하며 같이 술 마시며 위로받던 날….
그러나 한술은 자신의 부채가 어느 날 갑자기 사라진 것이 지민의 힘이었다는 것을 꿈에도 생각지 못했고, 지민도 그 사실을 한술에게 내색한 적이 없었다. 한술이 그렇게 해달라고 부탁한 적이 없었으니까.

또 하나 안타까운 사실은, 이 장례식의 상주가 그의 아들 김교한이 아니라는 점이었다. 김교한 병장은 전역을 얼마 남기지 않은 상태에서 마지막 체포 작전에 나가 강릉에서 탈영병을 체포했다. 그러나 소속 부대인 원주로 바로 복귀하지 않고, 탈영병의 마지막 소원을 들어주겠다며 동서울행 버스를 탔다가 1990년 9월 1일 경기도 여주 섬강교에서 발생한 빗길 교통사고의 희생자가 되었다. 당시 26명이 사망한 충격적인 사고였고, 이 사고의 여파로 영동고속도로는 왕복 4차선으로 서둘러 확장 공사가 진행되었으며, 중앙분리대도 함께 설치되었다.

한편 준욱도 김교한 병장을 잃었을 뿐만 아니라, 그의 여자 친구 성희가 어디로 유학을 갔는지 물어볼 기회마저 영원히 놓쳐버렸다. 그 사고가 일어나던 날, 준욱은 마침내 상병 계급장을 가슴에 달고 교한이 부대로 복귀하기만을 애타게 기다리고 있었다.

저녁이 되자 한술은 장례식장을 찾아 상주인 지민의 동생을 만나 안타까운 마음을 전했다.

"갑작스러운 일로 상심이 크시겠습니다. 위로의 말씀을 드립니다."
"바쁘실 텐데 이렇게 찾아주셔서 감사합니다."

서로 인사를 나눈 후, 지민의 동생 광민은 한술에게 잠시 시간을 내달라고 부탁했다.

"형님께서 남기신 말씀을 전하려고 하는데, 함께 들으실 분들이 계십니다. 저쪽으로 가시죠."

광민이 안내하는 곳에는 이미 여러 사람이 모여 있었다.

"모두 오셨으니 이제 형님의 유언을 전해드리겠습니다. 다들 초면이실 테니, 제가 대신 소개를 해드리겠습니다."

광민의 소개를 듣고 보니 천주교 신부, 성공회 목사, 춘천 로터리 클럽 회장, KBS 방송사 PD, 연극인 윤숙, 그리고 사업가 강한술까지 공통점이 전혀 없는 사람들이 모여 있는 어색한 자리였다. 당황한 표정들을 둘러보며 광민이 조용히 지민의 유언을 전했다.

"형님께서는 작년부터 건강에 이상을 느끼시고, 신변 정리를 시작하셨습니다. 그 과정에서도 형님께서 새로 시작한 일이 하나 있었는데, 바로 에티오피아 한국전 참전 용사 후원 사업이었습니다. 이미 들어서 아시겠지만, 에티오피아는 6·25 전쟁 당시 유엔 연합군 소속으로 한국에 와 많은 전공을 세웠고, 전후 복구에도 힘을 보탰습니다. 하지만 이들은 본국으로 귀국한 후 영웅 대접을 받다가, 1974년 에티오피아가 공산화되면서 북한과 수교하자 남한을 도왔다는 이유로 엄청난 박해를 받았습니다. 그 결과, 참전 용사들과 그 자녀들까지 빈곤층으로 전락해 현재까지도 매우 힘겹게 살아가고 있습니다."

"어휴-." 누군가 낮은 소리로 안타까운 한숨을 내쉬었다.

"그래서 형님은 그들을 돕고자 여러분을 한 분씩 따로 만나 설득하셨고, 오늘 이 자리가 마련된 것입니다. 하지만 이제 마무리는 저희의 몫이 되었습니다."

한술은 지민이 왜 에티오피아를 선택했는지 그 이유를 알기에 더욱 가슴이 아팠다. 이어서 광민은 이 자리의 조문객들이 왜 지민에게 선택되었는지도 설명했다.

"에티오피아는 비록 아프리카 국가지만, 다른 국가와 다르게 그 국민은 이슬람보다 하나님과 성모 마리아를 더 많이 믿습니다. 그래서 신부님과 목사님을 모셨고, 또 그들은 6·25 전쟁 당시 강원도 춘천 지역을 기반으로 많은 전투를 치렀기에 춘천 로터리클럽 회장님을 모셨습니다. 또한, 이러한 고귀한 희생을 방송을 통해 우리 국민에게 널리 알리기 위해 방송 PD님을 초대했고…."

광민은 말을 잠시 멈추고 윤숙을 바라보았다.

"윤숙 님은 현재 여의도 국회 앞에서 큰 식당을 운영하고 계신데, 하루에 국회의원 다섯 명 정도는 매일 그곳을 찾아오신다고 들었습니다. 맞습니까?"

"네, 그렇습니다."

"이번 후원 사업을 진행하면서 혹시나 막히거나 어려운 일이 생길 때, 그 국회의원들의 도움을 받을 수 있지 않을까 해서 윤숙 님을 모셨습니다. 또한, 김대중 대통령과도 친분이 있으신 것으로 알고 있습니다."

"아니, 그런 것까지 어떻게 아셨죠?"

"형님이 예전에 정보부에서 일하셨으니까요."

모두 고개를 끄덕였고, 마지막으로 한술의 소개가 이어졌다.

"강 사장님께서는 형님의 갑작스러운 부고로 영문도 모른 채 이 자리에 오셨을 텐데요. 여기 계신 분 중 유일하게 아프리카를 수십 번 다녀오신 경험이 있으셔서, 만약 저희가 에티오피아 현지를 방문할 일이 생긴다면 직접 가이드 역할을 해주실 수 있을 거라 하셨습니다. 그리고 형님께서 '절대' 반대하지 않을 분이라고 말했습니다."

광민도 그 뜻을 아는지 '절대'라는 단어에 힘을 주어 말하자, 한술은 웃어야 할지 울어야 할지 난감해했다.

"저도 당연히 힘을 보태야지요."

사실, 여전히 공산주의의 흔적이 남아 있는 에티오피아에서 한국인이 참전 용사 돕기 운동을 펼친다는 것은 매우 위험한 일이었다. 한술처럼 생계를 위해 어떤 일도 마다할 수 없는 사람이 아니고서는 감히 나설 수 없는 일이었다.

"다들 바쁘신데도 형님의 유지를 받들어주셔서 진심으로 감사드립니다. 현재 가장 시급한 일은 에티오피아 참전 용사들의 참상을 우리 국민에게 알리는 것입니다. PD님, 6·25 다큐멘터리 방송 준비를 서둘러주세요. 그리고 6월 보훈의 달에 전국 후원 모금 행사를 시작하려고 하는데, 윤숙 님께서 인지도가 가장 높으니 후원 회장직을 맡아주시기 바랍니다."

"네, 그러지요. 근데 혹시 올해만 하고 끝나는 행사인지요?"

"아닙니다. 저는 형님의 뜻을 이어 이 후원 사업을 끝까지 이어갈 생각입니다."

그렇게 두서없이 갑작스럽게 시작된 '에티오피아 참전 용사 돕기 사업'은 그들의 기구한 사연이 KBS 다큐멘터리로 전국에 방송되면서 온 국민의 관심을 끌었다. 연극인 윤숙 씨의 눈물겨운 호소 캠

페인 덕분에 모금액은 5억 원을 넘어섰고 이제 그들은 모금된 후원금을 에티오피아 참전 용사들에게 어떤 방식으로 전달할지 논의하기 위해 다시 모였다.

"당장 먹고사는 게 힘들 테니 식량으로 전달합시다!"

"식량이 부족할 정도라면 다른 곳에도 돈이 필요할 테니, 현금으로 주는 것도 좋겠어요."

"글쎄요…." 한술이 자리에서 일어나며 말했다.

"제 생각은 다릅니다. 식량이나 현금 지원은 당장은 쉽고 편리하지만, 일회성에 그칠 가능성이 큽니다. 그리고 무엇보다도, 받는 사람의 자존심을 상하게 할 수 있습니다. 한때 우리보다 더 잘살다가 한순간에 몰락한 사람들이니, 도울 때도 그들의 명예와 자존심을 꼭 지켜주었으면 합니다."

한술의 주장에 모두가 고개를 끄덕였다.

"또한, 후원금이 줄어들지 않게 유지하면서 그들을 도울 방법도 있습니다. 공장을 지어 제품을 생산하고, 그 공장에서 참전 용사의 자녀들을 고용하는 것입니다. 그러나 현재 모금한 5억 원으로는 공장 부지를 확보하는 것에 그칠 뿐, 기계나 원료를 마련하기에는 많이 부족합니다. 따라서 일단 반조립 제품을 구매해 조립만 해서 판매하는 방식으로 운영해야 합니다."

"좋은 아이디어네요. 그런데 그 반조립 제품으로 뭐가 좋을까요? 우린 잘 모르니 강 사장님이 아이템을 추천해주세요."

"저는 자전거 조립 사업을 추천합니다. 일단 부품 수가 적고 간단해서 드라이버나 펜치만 가지고도 쉽게 조립 가능하며, 자전거가 완성되면 조립 전보다 4배로 가격을 올려 팔 수 있어서, 임금 지급과 공장 유지를 하고도 다시 부품 살 자금까지 조달할 수 있습니다. 더구나 에티오피아는 교통 환경이 열악해서 자전거 수요가 매우 많습니다. 그러니 경험이 없는 참전 용사나 그 가족들도 우리 도움 없이 충분히 판매자 역할을 할 수 있을 겁니다."

"듣고 보니 좋은데요. 더 나은 아이디어가 없다면 그렇게 종결하고, 사업 진행은 대양 강 사장님이 책임지고 맡아 해주세요."

곧바로 후원회장인 윤숙의 결재가 이루어졌고, 이 과정에서 작고한 지민은 어려운 처지에 있는 한술에게 눈에 보이지 않는 작은 유산을 남겨주었다. 대양은 이번 후원 사업을 진행하며 다른 단체와는 달리 비용을 지출할 필요가 전혀 없고, 약간의 수수료까지 받을 수 있게 되어 있었다.

며칠 후, 점심시간에 준욱은 참다못해 한마디 했다.

"잠잠하다 싶었는데 사장님이 사고 하나 치셨어."

"뭐? 에티오피아 할아버지들 도와주는 거 말이야?"

"참 어이가 없지. 우리도 굶어 죽을 판인데 누가 누굴 도와? 하여튼 오지랖은 정말 끝내준다니까!"

평소 같으면 신나게 동조할 미스 김이 이번엔 좀 다른 반응을 보이며 선을 그었다.

"그래도 이번엔 좀 나은 편이에요. 후원회 일로 에티오피아를 자주 갈 텐데, 항공료는 그쪽에서 다 내준대요. 아프리카 항공료가 얼마나 비싼지 알아요? 미국 가는 거 두 배예요."

"가는 김에 겸사겸사 우리 일도 보고 오면 손해는 아니지."

하 과장마저 동조하자 준욱은 힘이 빠졌다.

"졸지에 나 이번에 에티오피아 가게 생겼어. 에티오피아 자전거 공장에서 그 사람들한테 자전거 조립법을 가르쳐주라더라."

그러자 에티오피아를 몇 번 다녀온 하 과장이 놀리듯 말했다.

"명색이 무역회사 다닌다면 외국물도 한 번 먹어봐야지. 그냥 휴가 간다 생각해. 게다가 거기 다녀오면 항공사 마일리지 10,000마일 쌓이는 거 알아? 제주도 여행이 공짜야! 그리고 진짜 중요한 건… 거기 여자들, 클레오파트라 후손들이라 굉장히 예뻐!"

"진짜야? 그렇다면 다시 진지하게 생각해봐야겠는걸."

"하여튼 남자들이란… 어서 일이나 해요!"

미스 김이 한심하다는 듯 두 남자의 논쟁을 중단시켰다.

24. 아디스 아바바 — 1995

　　에티오피아의 수도 아디스 아바바, 그 더운 곳에서 정장에 넥타이를 맸다면 그들의 국적은 대개 세 가지 중 하나다. 한국, 일본, 북한. 그리고 아디스 아바바 시내 한가운데에는 수십 년 전 북한이 지어준 '김일성 광장'이 아직도 굳건히 자리하고 있었다. 그래서인지 그곳에서 동양인을 마주치면 반가움보다는 섬뜩한 기운이 먼저 느껴지곤 했다.

　한술과 준욱은 함께 아디스 아바바에 왔지만 일정상 준욱이 3주 더 머물러야 했기에, 한술은 떠나기 전날 그곳에 진출한 국제협력단(KOICA) 대원에게 준욱을 소개하는 자리를 마련해주었다.

　"강 사장님, 고맙습니다. 잘 먹을게요."

　오랜만에 한식을 먹게 된 자원봉사자들은 기쁘게 합창하듯 말했다.

　"그래. 나 먼저 갈 테니 이 녀석 잘 부탁해."

　한술이 먼저 식당을 떠나고, 준욱만 덩그러니 남았다.

　"이번에 한국전 참전 용사 후원 일로 온 강준욱입니다."

　"에이, 형님. 말 편하게 하세요. 형이 최고 연장자예요."

어색한 분위기는 잠시뿐, 술이 몇 잔 돌자 자리는 금세 밝아졌다.

"난 여기 일하러 왔지만, 너희들은 여기 뭐 하러 왔어?"

국제협력단의 역할을 잘 몰랐던 준욱이 물었다.

"저는 여기 경찰들에게 태권도를 가르치고 있어요. 이 친구는 자동차 정비를 가르치고, 저 여자애는 간호사로 일해요."

간단한 소개가 이어지며 자연스럽게 술잔도 몇 번 돌았다.

"형, 그런데 여기 현지 말 좀 알아요?"

한 대원이 물었다.

"아니, 전혀 몰라."

"그렇구나. 여기서는 '알레'랑 '옐름'만 알면 거의 다 통해요."

"그게 무슨 뜻인데?"

"'알레'는 '있다', '옐름'은 '없다'라는 뜻이에요."

"에이, 그걸로 어떻게 대화가 돼?"

"알레랑 옐름에 몇 가지 단어만 끼워 넣으면 기본적인 소통은 충분히 가능해요. 예를 들어, 버스를 타고 가다 보면 기사가 가끔 뭐라 하는데, 그게 정차할 정거장 이름을 말하는 거예요. 그럼 자기가 내려야 할 곳에서 '알레' 하면 돼요. 내릴 사람 '있다'라는 뜻이니까."

"아, 그렇구나. 그런데 내가 이곳에 와서 '찌끌 옐름'이라는 말을 많이 들었는데, 그건 무슨 뜻이지?"

"아, 그거요? 그 말은 우리도 진짜 자주 들어요."

봉사대원들이 그 부분에서 다들 웃음을 터뜨렸다.

"'찌끌'은 영어로 problem이에요. 그러니까 '찌끌 옐름'은 no

problem! 근데 여기 계셔보면 알게 될 테지만, 사방에 문제투성이에요. 찌끌 옐름은 개뿔! 하하."

그 말을 듣자 준욱은 앞으로 3주간 자신이 지내야 할 환경이 떠올랐다. 그곳은 전기와 수도 시설도 없는, 말 그대로 세상에서 가장 열악한 곳이었다.

'하이고, 내 팔자야…. 이건 분명히 찌끌 알레네.'

그렇게 술자리는 끝났고, 가끔 만나는 봉사단원들 덕분에 준욱이 걱정했던 3주는 금방 지나갔다. 자전거 조립 공장이 설립된 후, 한술의 철저한 계획 덕분에 후원 사업은 꾸준한 성과를 냈다. 하지만 공장이 예상보다 잘 돌아가자 후원회는 더 이상 도울 일이 없어졌고, 후원 사업도 점차 시들해졌다.

24. Easy come — 1995

　　전 세계 저가 항공사들의 허브 공항 역할을 하는 방콕 돈므앙 국제공항은 24시간 내내 관광객들로 북적였다.
　"아니, 제가 출발할 때 분명히 컨펌받은 상태였는데, 지금 와서 웨이팅이라니 이게 말이 돼요?"
　"죄송합니다, 고객님. 항공사에서는 원래 약간의 초과 예약을 받는데 이번 편은 이상하게도 취소 고객이 한 명도 없네요. 이런 경우는 극히 드문 일입니다."
　"이게 죄송하다는 말로 넘어갈 일이에요? 안 그래도 환승 대기 8시간이라 힘들어 죽겠는데."
　"오늘 예약자들 대부분이 단체 손님이라 그런 것 같습니다. 아직 8시간 남았으니 조금 더 기다려주시면 감사하겠습니다. 정 안 되면 연계 항공사라도 알아봐드리겠습니다."
　아시아나 직원이 울상을 하자 준욱은 더 이상 다그치지 않았다.
　"어휴, 아가씨 잘못도 아닌데 어쩌겠어요. 아프리카에서 13시간 날아와 환승하느라 또 8시간…. 피곤해 죽겠네요. 어쨌든 꼭 자리 마련해주세요. 5시간 뒤에 올게요."

화를 낸다고 없는 자리가 갑자기 생기는 것도 아니니 준욱은 아시아나 항공 부스를 떠나 공중전화로 향했다.

"여보세요? 어, 나야, 하 과장! 아니, 예약을 어떻게 했길래 컨펌이 웨이팅으로 바뀌어?"

"아니, 그런 일도 생기나? 별일이네. 어차피 8시간 대기니까, 잠깐 방콕 시내 나가서 구경이라도 하고 와."

"하루도 아니고 8시간인데, 찝찝해서 돌아다니기도 그렇잖아? 미스 김에게 얘기 잘해서 공항 호텔에서 몇 시간 쉬면 안 될까?"

"야, 바랄 걸 바라라. 우리 회사 사정에 무슨 공항 호텔이야. 미스 김이 행여나 결재해주겠니! 그냥 면세점 가서 두세 시간 때우고, 운동 삼아 공항 몇 바퀴 돌아봐. 돈므앙 공항 겁나게 커."

"아이고, 가난한 회사 다니는 내가 죄인이다. 끊어!"

어차피 면세점 가봐야 물건 살 돈도 없으니, 준욱은 유럽 배낭여행객들이 몰려 있는 공항 한 귀퉁이에 자리를 잡았고 뜬눈으로 5시간을 보냈다.

"예약 캔슬 나왔나요?"

손목시계로 정확히 5시간을 잰 후, 준욱은 다시 아시아나 부스를 찾았다.

"죄송합니다. 아직 캔슬이 없습니다."

"햐, 오래 앉아 있었더니 이제 허리가 부러질 것 같네!"

준욱은 비행기 연착으로 공항에서 시위하는 여행객들의 뉴스를 TV에서 본 기억이 떠올라, 혹시 뭔가 건질 수 있을까 싶어 일부러 목소리를 높였다.

'이럴 땐 무조건 목소리 큰 놈이 이기는 거야. 쫄지 마!'

미안해하는 여직원 얼굴을 보면 차마 큰소리를 치지 못할 것 같아서, 준욱은 허공에 대고 누가 들으라는 듯 목청을 더 높였다.

"말로만 죄송하다 하지 말고, 호텔이라도 잡아줘야죠!"

"호텔 제공은 규정에 없고요, 다른 항공편을 알아봐드릴게요."

여직원이 얼마나 난처해했는지 준욱은 시위를 멈추고 수화기를 잡은 직원 아가씨를 게슴츠레 쳐다봤다.

'아니, 항공사 여직원들은 왜 이렇게 다들 예쁜 거야, 화도 제대로 못 내겠네, 젠장!'

"저… 고객님, 정말 죄송합니다. 지금 서울에 학술대회가 있어서 다른 항공사 방콕발 좌석도 내일까지 완전 매진입니다."

"차라리 잘됐네!" 준욱은 빙긋 웃었다.

"분명히 제 잘못은 아니고, 항공사에서 좌석 있다고 컨펌한 후에 느닷없이 펑크 낸 거 맞죠? 게다가 연계 항공편도 없다니, 이젠 그만하시고, 방콕 시내에 호텔 방 하나 내놓으세요. 제가 착해서 5성급은 바라지도 않아요!"

승기를 잡은 준욱의 머릿속엔 방콕 시내 관광 코스가 어른거렸다.

'앗싸, 이게 웬 떡이야! 공짜로 방콕 1박이라니.'

"알겠습니다. 저희 항공사 잘못이니 곧 4성급 호텔을…"

이때 갑자기 전화가 울리며 대화가 중단되었다.

"네, 네, 알겠습니다. 조치하겠습니다."

'뭐지? 이 사람들이 진짜 한번 싸워보자는 건가?'

준욱은 혹시 항공사에서 호텔을 안 잡아준다면 곧바로 한국에 전화해 오늘 밤 9시 뉴스에 이 억울한 사연을 제보할 생각이었다.

"불편을 끼쳐 죄송합니다, 손님. 다행히 저희 항공사 비즈니스석 한 좌석이 비어서 무료로 업그레이드해드리겠습니다. 두 시간 후에 탑승하시면 됩니다."

"아, 그래요? 진작에 그럴 것이지. 감사합니다. 하하."

준욱은 멋쩍게 웃으며 탑승권을 받았다. 태어나서 처음 타보는 비즈니스석이라, 날아간 방콕 여행이 그리 아쉽지는 않았다.

26. Easy go — 1995

　　우여곡절 끝에 널찍한 비즈니스 좌석에 앉으니, 준욱은 오랜 여행으로 쌓인 피로가 한순간에 다 풀리는 듯했다.
　'누가 만들었는지 새옹지마라는 말은 진짜 기가 막히게 잘 만든 말이야. 내 팔자에 비즈니스를 다 타보고 말이지. 크크.'
　비즈니스석은 자리도 넓었고, 이코노미석 승객보다 일찍 탑승할 수는 있었지만, 살짝 지루함이 느껴지기는 했다. 준욱은 여승무원이 가져다준 마카다미아를 먹으며 출국하기 전 하 과장과의 대화를 떠올렸다.
　"어이, 촌놈, 잘 들어! 국제선은 말이야, 무조건 편하게 가야 한단 말이지. 특히 중동이나 아프리카 방향으로 갈 때는."
　"옆자리에 뚱뚱이만 피하면 되잖아? 예쁜 여자면 최상이고."
　"그건 당연한 소리고, 지금부터 인생 선배의 말을 잘 새겨들어!"
　아프리카를 세 번이나 다녀온 하 과장이 나름 팁이라며 장황하게 설명을 늘어놓았다.
　"일단 타자마자 화장실로 달려가. 가서 보면 칫솔이랑 비누가 있을 테니 그거부터 몽땅 챙겨."

"아이 씨, 내가 거지야? 쪽팔리게."

"모르는 소리 마. 해외여행 가면 그걸 얼마나 요긴하게 쓰는데. 특히 아프리카에서는! 암튼 그거 챙긴 후에 네 좌석으로 돌아가면서 승객이 얼마나 탔는지 확인해…. 특히 뒷좌석!"

"그건 왜?"

"어허, 토 달지 말고! 비행기 이륙한 후에 안전벨트 램프가 꺼지면 눈치 보지 말고 잽싸게 비행기 뒤쪽으로 달려가. 그리고 좌석 세 개가 나란히 빈 곳 있으면 팔걸이 젖히고 눈치 보지 말고 바로 드러누워서 자. 그럼 5시간이 후딱 간다."

"오호, 그거 죽이는 방법이네. 근데 스튜어디스가 뭐라 안 하나?"

"어차피 5시간 동안 빈 좌석인데 뭐."

"야, 우리 하 과장님, 아프리카 몇 번 가더니 거지 근성이 끝을 달리는구나."

"맞아, 근데 아직 안 끝났어. 마지막 팁은 귀국할 때 승무원에게 춥다면서 무릎 담요를 달라고 해."

"그건 왜?"

"응. 항공사 담요가 고스톱 칠 때 바닥에 깔면 최고거든. 화투가 안 튀고 쫙쫙 붙지."

"생각해보니 그러네. 근데 항공사 담요 가지고 오면 안 걸리나?"

"내가 알기론 공짜로 준다는 소리도 없고, 그렇다고 가져가지 말라는 경고도 들은 적 없어."

"오케이, 내 기회 봐서 옆 사람 것도 챙겨 올게."

"아, 하나 더 있다."

"뭔데?"

"인도 뭄바이에서 아디스 아바바 가는 동안은 그냥 죽었다고 생각해."

"왜?"

"그 노선은 빈 좌석 남는 거 하나도 없이 사람들 빡빡하게 채워서 가는데, 분명 담배 피우는 놈도 있을 거야!"

"아니, 기내에서 담배 피울 수 있어?"

"응, 그 구간은 담배가 가능한가 봐. 재떨이도 있어!"

"아니, 그래도 그렇지, 비행기 안에서 담배를 피우면 어떡해?"

"야, 아무리 열 받아도 그냥 얌전히 입 다물고 있어. 기내 남자들 대부분이 모슬렘이니까!"

"흐미~."

"마카다미아 더 드릴까요?"

승무원의 물음에 준욱은 퍼뜩 깨어났다. 그 짧은 시간에 단잠이 들 정도로 비즈니스석은 정말 편안했다.

"네, 더 주세요, 아주 많이!"

준욱은 행복한 미소를 지으며 좌석 스위치를 조정해 등받이를 올렸다 내렸다 하며, 이코노미석에서는 절대 느낄 수 없는 공간의 여유를 만끽했다.

'하 과장아, 들어는 봤냐? 비즈니스석. 크크.'

준욱은 회사에 돌아가 하 과장에게 자랑할 생각을 하니 웃음이 절로 나왔다. 그리고 이륙하자마자 위스키 몇 잔을 주문해 단번에 마신 후 5시간을 내리 자면서 갈 계획을 세웠다. 그런데 이코노미석 쪽에서 무슨 소란이 난 듯 시끄러워졌다.

"내가 뭘 잘못했는데?"

"승객님, 조용히 해주세요."

"아니, 아기가 우는 건 놔두면서 왜 나한테 그래?"

"승객님, 진정하세요."

"앞으로 5시간을 날아가야 하는데, 내가 왜 아기 옆에서 고통을 당해야 해?"

평소에 이런 구경거리를 놓칠 리 없는 준욱은 자신도 모르게 어느새 이코노미석 통로까지 와 있었다. 30대 후반으로 보이는 아프리카계 부부가 두어 살짜리 아기를 데리고 탑승했는데, 출발도 하기 전에 아기가 울었고, 마침 옆에 앉은 백인 여성은 어쩌면 당연한 항의를 하는 중이었다. 문제는 좌석이 만석이라는 점, 그리고 비행기 안에 그 누구도 아기 옆에 앉으려고 하지 않을 것이라는 점이었다.

'어휴, 저 기분 나도 잘 알지. 자리도 비좁아 죽겠는데 아기까지 옆에서 울어대면 정말 환장하지!'

그래서인지 그 승객의 화는 점점 커져 이제는 승무원과 몸싸움까지 할 기세였다.

"당장 자리 바꿔줘. 난 절대 아기 옆에 앉아서 같이 못 가!"

"승객님, 죄송합니다. 보다시피 만석이라 어쩔 수가 없습니다."

"그럼 나 내려줘. 다음 비행기 탈 거야."

"승객님, 그건 더 안 됩니다. 승객님께서 지금 내리시면, 이 비행기에 실린 화물을 모두 내려서 재검색해야 해서 출발이 두 시간 이상 지연됩니다."

"난 그런 거 모르겠고, 게다가 이 사람들 모슬렘이란 말이야!"

사태가 점점 더 심각해지자, 드디어 준욱의 오지랖이 발동했다. 아마 한술이 그 자리에 있었어도 마찬가지였을 것이다.

"저, 제가 자리를 양보하겠습니다. 제 비즈니스석에 앉으세요."

준욱은 겉으로는 태연하게 말했지만, 속으로는 공짜로 얻은 비즈니스석을 다시 내놓자니 아까워 죽을 것 같았다. 만약 비행기 안에 수백 개의 훈훈한 눈빛이 없었다면, 절대 하지 않았을 행동이었다.

"고마워요!" 백인 여성이 재빨리 핸드백을 들고 자리에서 빠져나오려 하자, 준욱이 팔을 뻗어 그녀를 제지했다.

"당신 말고, 이분이요!"

준욱은 아프리카계 아기 엄마를 손으로 가리켰고, 그녀가 편하게 지나가도록 한 걸음 물러나는 매너까지 보여주었다. 순간, 비행기 안에서 기다렸다는 듯이 박수 소리가 터져 나왔다. 하지만 그 박수가 준욱에 대한 칭찬의 의미인지, 아니면 아기를 비즈니스석으로 보냈다는 해방감 때문인지는 알 수 없었다.

약 5분 동안 준욱은 마치 영웅이 된 듯한 기분에 붕 떠 있었으나, 나머지 5시간 동안은 다른 승객들과 마찬가지로 좁은 이코노미 좌석에 앉아 불편함을 참아야 했다. 게다가 하 과장에게 신나게 자랑할 이야깃거리가 날아간 것도 너무 아쉬웠다.

마침내 준욱을 태운 비행기는 연착 없이 김포공항에 무사히 도착했다. 녹초가 된 준욱이 탑승교를 건너자, 5시간을 함께한 그 아프리카계 남편이 옆으로 다가와 자신의 명함을 건넸다.

"제 아내에게 자리를 양보해주셔서 정말 감사합니다. 언젠가 꼭 보답하고 싶으니 연락해주십시오."

"아닙니다. 원래 제 자리도 아니었습니다. 알라후 아크바르!"

준욱이 받은 명함을 대충 훑어보니 'Nigerian Petroleum Corp 모하마두…'라고 쓰여 있었다.

'하이고, 이제 내 인생에 두 번 다시 아프리카는 없어!'

준욱은 공항을 나오며 명함을 쓰레기통에 구겨 던졌다.

27. 스팸 원정대 — 1997

한술의 회사인 대양이 '플라스틱 생산 공장'을 주력 아이템으로 바꾼 후, 한동안은 직원들 월급이 밀리지 않을 정도의 수익이 나왔다. 그러나 거기에는 미처 알지 못했던 문제점이 하나 있었다.

"하 과장, 도대체 이유가 뭐야?"

한술이 답답한 듯 물었다.

"우리 회사 잘못이 아니고, 오로지 플라스틱 제품의 특성과 에티오피아의 상황 때문입니다."

"자세히 말해봐."

"우리나라에서는 플라스틱 용기를 한 번 쓰고 버리는데, 에티오피아 사람들은 가난하다 보니, 한 번 쓰고 버려야 할 플라스틱을 계속 사용하는 게 문제입니다. 게다가 플라스틱은 단기간에 썩지도 않으니, 업체에서 시장에 제품을 한 번 풀면 상당 기간 재고가 줄어들지 않습니다."

하 과장은 머리를 긁으며 또 한 가지 문제점도 지적했다.

"특히 비닐봉지는 그 공정상 생산량이 너무 많습니다. 풍선 불듯 만들어내니, 기계 한 대에서 한 달에 수십만 장이 나옵니다."

"에티오피아 인구가 얼마야?"

"우리와 비슷한 4천만 명입니다. 하지만 실제 구매력을 가진 인구는 100만 명도 안 될 겁니다."

"그걸 왜 지금 얘기해?"

"지금까지 한 번도 안 물어보셨는데요?"

한술은 짜증 섞인 한숨을 내쉬며 담배에 불을 붙였다. 예전 같았으면 이런 문제는 분명 짚고 넘어갔을 그였지만, 지금은 그럴 여유가 없었다. 리스크를 따져 가며 일할 처지도 아니었고 그도 이제 나이가 들었다.

"거 참, 문제네. 알았어. 넌 나가고, 미스 김 들어오라고 해!"

미스 김이 오랜만에 사장실에 들어갔다.

"미스 김, 현재 우리 회사 부채가 얼마나 돼?"

"정확한 액수를 알려드려요? 알고 나면 잠도 안 오실 텐데."

"뭐, 큰 거 하나 빵 터지면 해결 안 되겠니?"

"하나로는 어림도 없어요."

"그 정도냐?"

"사장님이 더 잘 아시잖아요."

"…"

그 시간, 사장실 밖에서는 하 과장과 준욱이 또 다른 고충을 서로 나누고 있었다.

"아, 이제 견적도 안 주네."

"무슨 일이야?"

"오래간만에 해외 바이어에게서 가격 문의가 왔길래, 국내 생산 업체에 제품 견적 좀 달라고 했더니, '대양은 몇 년 동안 기계 한 대도 안 사면서 왜 견적만 달라고 하느냐' 하더라. 물론 견적도 안 주고."

하 과장이 그 심정을 충분히 이해한다는 듯 대꾸했다.

"그건 나도 마찬가지야. 큰 거 한 방 하겠다고 주사기 플랜트 사업 제안서를 만들어놨는데, 지금까지 단 한 건도 못 팔았으니 가격은 물론이고, 당장 누가 구매라도 하겠다면 그 기계들 어떻게 설치해야 할지 까마득해."

"그래도 성사되는 것이 낫지, 이렇게 말라 죽는 것보다는."

그때 정장의 신사 한 명이 대양 사무실 문을 열고 들어왔다.

"강 사장님 계십니까?"

"어떻게 오셨습니까?"

"춘천 로터리클럽 소개로 왔습니다."

'춘천 로터리클럽'이라는 말에 준욱은 에티오피아 후원 사업을 또 시작하나 하는 우려 속에 손님을 사장실로 안내했다.

"사장님, 손님 오셨습니다."

미리 약속이 없었는지 한술도 의아한 표정을 지었다.

"처음 뵙겠습니다. 저는 춘천에서 사업하는 배형철이라 합니다."

"아, 네. 무슨 일로 오셨는지요?"

"강 사장님, 혹시 나이지리아 스팸 메일 사기 아시는지요?"

한술은 이 신사의 말이 끝나기도 전에 그가 무슨 일로 찾아왔는지 눈치챘다. 나이지리아 스팸 메일 사기는 나이지리아 정부 고위층의 비자금 세탁을 도와주면, 그 대가로 수백만 불을 주겠다면서 그 과정에 필요한 은행 수수료와 경비를 미리 요구하는 전형적인 사기 수법이었다.

"아이고, 지금까지 얼마나 송금하셨습니까?"

"지금까지 오만 불 송금했는데, 이번에 또 오만 불을 더 보내라고 연락이 왔습니다."

"솔직히 말해서, 지금까지 손해 본 거 다 잊으시고, 여기서 포기하는 게 낫습니다."

"저도 사기당했다는 거 인정합니다. 그런데 억울하고 분해서 잠도 안 옵니다. 그래서 이번에 제가 나이지리아에 가서 직접 눈으로 확인한 후 포기하려고요."

"그런데 여긴 왜?" 한술은 배 사장의 단호한 눈빛을 보고 그가 이대로 물러나지 않을 것을 직감했다.

"저는 지금까지 외국이라곤 태국 관광이 전부고, 영어도 잘하지 못합니다. 그래서 나이지리아에 간다면 누군가 가이드를 해줘야 하는데, 마침 춘천 로터리클럽에서 강 사장님이 아프리카 전문가라고 소개해주셨습니다. 여행에 필요한 모든 경비와 수고비는 제가 부담할 테니, 강 사장님께서 좀 도와주십시오."

문밖에서 이 대화를 엿듣던 준욱과 하 과장은 한숨을 내쉬며 올 게 왔다는 듯 고개를 저었다.

"알겠습니다. 제가 좀 바쁘지만, 배 사장님 사정이 딱해 보이니 도와드리겠습니다. 나이지리아는 입국 비자가 필요하니, 각자 비자를 준비하고 3일 후에 출발하시죠."

"네, 알겠습니다. 3일 후에 뵙겠습니다."

배 사장이 방을 나가자 한술은 밝은 목소리로 미스 김을 불렀다.

"지금 당장 나이지리아 비자 서류 준비해라."

28. 가짜 약을 산 약장수 - 1997

다음 날, 한술은 이태원의 나이지리아 대사관으로 향했다.
"실례합니다만, 방문 목적이 무엇이죠?"
대사관의 여직원이 근심스러운 얼굴로 물었다.
"사업차 방문입니다. 왜 그러십니까?"
"혹시 스팸 메일 때문에 피해 보실까 걱정돼서요."
한술은 두툼한 묶음 여권을 흔들며 자신 있게 대답했다.
"제가 사기나 당할 사람으로 보이십니까?"
여직원은 서류의 방문 목적란에 빨간 색연필로 동그라미를 하나 그리더니, 한술의 여권에 비자 스탬프를 찍었다.
"혹시 모르니 명함 한 장 주시고요. 이제 가셔도 됩니다."
대양의 직원들은 출발 전부터 이미 결과를 예상하였지만, 한술과 배 사장은 나이지리아 방문 3일 후에야 의미가 없다는 것을 깨달았다. 며칠 후 김포공항에 도착한 두 사람은 어색하게 마지막 인사를 나눴다.
"뭐, 건진 게 없어 죄송합니다."
"아닙니다. 오히려 강 사장님 덕분에 나머지 5만 불은 건진 셈이죠. 요즘 세상에 어느 누가 자기 일도 아닌데 아프리카까지 동행해주겠습니까?"

"춘천 로터리클럽에서 추천해준 걸 보니, 배 사장님도 그간 좋은 일 많이 하셨나 봅니다."

인사치레처럼 덕담이 오고 갔고, 한술은 혹시나 하는 마음으로 헤어지기 전에 마지막 질문을 던졌다.

"그런데 공장 하신다고 했는데, 무슨 업종이신가요?"

"작은 제약업체입니다."

"어휴, 약 만드는 게 어떻게 작은 업체입니까?"

"별거 없습니다. 외국 회사에서 처방전 주면, 그냥 재료 넣고 휘휘 저어 뚝딱 만들어, 이쁘게 포장해서 납품하면 끝이죠."

"약 공장이 그렇게 쉽게 돌아간다니 부럽네요."

"어쨌든 이번에 제가 신세 톡톡히 졌으니, 언제든 도움이 필요하시면 꼭 연락주세요."

"뭐, 제가 살면서 약 사 먹을 일은 있어도, 약 공장 신세 질 일이 어디 있겠습니까? 하하."

그렇게 둘은 웃으며 헤어졌다.

29. 아무도 모르는 족보 — 1997

아침부터 한국 주재 나이지리아 영사 빅터 모제스와 한국인 여직원은 곤란한 일에 직면한 듯 머리를 싸매고 있었다.
"그래서 아무 업체도 연락을 안 받는다고?"
모제스 영사가 걱정스러운 눈빛으로 물었다.
"네, 그동안의 일들을 보면 당연히 그럴 만하죠."
나이지리아에서는 일 년에 몇 번씩 대통령의 친인척들이 한국을 방문했는데, 나이지리아는 오랜 세월 왕족 국가로 유지되어 왔기 때문에 그 친인척 수가 수백 명을 넘었다. 그래서 누가 진짜 친인척인지에 대한 의견도 분분해서, 이 문제는 주한 나이지리아 대사관의 골칫거리였다. 그러나 대사관은 기발한 대처법으로 이 난관을 극복하곤 했는데, 그것은 친인척의 진위를 가리지 않고 나이지리아에 진출한 한국 기업에 그들의 수행을 떠넘기는 것이었다.
"근데 이번에 오는 대통령 친척은 진짜 삼촌 맞나요?"
여직원이 의미 없는 질문을 던졌다.
"다들 자기가 진짜 친척이라고 주장하는데, 내가 어떻게 확인하겠어? 어차피 우리는 한국 업체에 떠넘기면 되잖아. 그나저나 어쩌지…. 다시 한번 업체들 상황 파악해봐."

"할 만한 곳은 다 해봤고, 이제 한국 업체들도 안 속아요. 돈 들여가며 열심히 수행해봐도 별 영양가 없다는 걸 다 알잖아요."

영사는 난감한 표정으로 방을 서성이던 중, 뭔가 생각난 듯 갑자기 명함 박스를 뒤지며 말했다.

"얼마 전에 비자 받아 간 두 사람 있었지?"

"거긴 아직 수출 실적도 없는 작은 무역회사인데, 아무리 급해도 초면에 이런 부탁을 할 수는 없잖아요?"

"혹시 모르니 연락해봐. 하늘이 우리를 도울 수도 있잖아?"

여직원의 우려와는 달리 모제스 영사의 바람은 거짓말처럼 쉽게 이루어졌다. 나이지리아 대사관의 연락을 받은 한술은 일말의 망설임도 없이 자칭 대통령 친인척의 한국 내 수행을 맡겠다고 나섰다. 물론 그 친인척의 진위 여부는 전혀 개의치 않았다.

오래전 미국에서 대사관 근무를 했던 한술은 그동안 국내에서 열리는 많은 외국 대사관 행사에 참여하려고 여러 번 시도했었다. 그러나 에티오피아 참전 용사 후원 사업으로 그곳 대사관 비자 담당 여직원과 친해진 것이 유일한 성과였다. 그런 상황에서 나이지리아 대사관의 수행 요청을 받은 것은 오히려 한술에게 영광이었다.

"이건 진짜 병이야!" 준욱은 고개를 절레절레 흔들며 말했다.

"저번에 사기꾼 잡겠다고 나이지리아 다녀온 건 그나마 항공료라도 챙겼지만, 이번엔 도대체 뭐 하자는 거야?"

"야, 강 대리! 너 진짜 사장님이랑 같은 집에서 어떻게 같이 살았냐? 대단하다. 대단해!"

"하여튼 우리 사장님은 관공서나 대사관에서 연락 오면, 그게 무슨 일이든 무조건 오케이부터 하신다니까. 내가 진짜 미치겠어!"

두 사람의 대화에 미스 김도 한술의 이번 결정을 비난했다.

"내가 하도 답답해서 나이지리아 대사관 한국 여직원에게 그 친인척이 누군지 물어봤는데, 그쪽에서도 잘 모르는지 대답을 얼버무리더라. 이번엔 진짜 잘못 걸린 것 같아."

"강 대리! 네가 총대 메고 사장님 좀 말려봐."

"사장님 성격 뻔히 알면서 왜 그래? 나 죽는 꼴 보고 싶어?"

"참 내, 돈 받고 수행을 해줘도 모자랄 판에, 에이그…."

"나 진짜 여기 오래 있다가는 화병으로 죽겠다!"

다들 회사의 앞날을 걱정하며 한마디씩 했지만, 한술의 고집은 아무도 꺾을 수 없었다. 그리고 그 친인척이 방콕 돈므앙 국제공항에서 출발했다는 소식이 한술의 귀에 들어왔다.

"다들 경비 문제로 너무 걱정하지 마. 호텔은 나이지리아 대사관에서 예약했고, 식사는 마지막 날 저녁 한 끼만 우리가 책임지기로 했으니까, 강 대리는 지금 공항 마중 나가서 그분이 어디 가고 싶다면 내 차로 모시고 다녀. 아마 이태원이나 남대문 가자고 할 거야."

인상을 쓰며 공항으로 향하는 준욱에게 한술은 다시 강조했다.

"이것도 사업 일부니까, 인상 쓰지 말고 잘 모셔."

한마디 하려다 준욱은 그냥 이를 악물고 사무실을 나왔다. 그게 통할 사람이었으면 지금 이 지경까지 오지도 않았을 테니까.

30. 그 시골 노인 — 1997

김포공항에서 '미스터 모하마두'라는 팻말을 들고 있는 준욱은 제시간에 도착한 그 나이지리아인을 맞이했다. 수행원도 없이 혼자 한국에 온 이 노인의 평범한 옷차림은 아무리 봐도 대통령의 친인척처럼 보이지 않았다. 그래서 마침 하 과장에게 전화가 오자 준욱은 우리의 불길한 예상이 맞았다는 하소연부터 했다.

"배 사장 기억나? 나이지리아 스팸 사기당했던 사람."

하 과장도 당연히 기억하고 있었다.

"그때 우리가 그랬잖아. 아니, 어떻게 저런 뻔한 사기에 넘어갔냐고. 근데 지금 우리 상황이 딱 그 꼴이야! 대통령 친인척은 개뿔."

통화 내용을 아는지 모르는지, 그 아프리카 시골 노인네는 준욱이 운전하는 차의 뒷좌석에 앉아 나지막이 "이태원, please"라고 요청했고, 준욱은 달갑지 않은 표정으로 차를 몰았다. 짧은 영어 회화밖에 못 하는 준욱은 혹시 그 시골 노인이 말을 걸까 조마조마했지만, 그는 묵묵히 창밖만 내다봤다.

'혹시 내가 하는 소리를 들었나? 에이, 설마.'

차가 이태원 거리에 들어서며 속도가 줄어들자, 그 시골 노인, 아니 모하마두 씨는 자기 손목을 가리키며 "롤렉스, 롤렉스"라고 외쳤다. 그는 가짜 롤렉스 시계를 원했다. 만약 진품을 원했다면 당연히 백화점이나 면세점으로 가자고 했을 테니 뻔한 거 아닌가? 당시 우리나라는 가짜 명품 시계를 거의 진품에 가깝게 만드는 기술로 유명했는데, 그 시골 노인은 한국 방문 전에 그 소문을 어디선가 들었을 것이다.

준욱은 그를 데리고 도로변 상가를 벗어나 골목길로 들어섰다. 어디서 롤렉스를 파는지는 확실히 몰랐지만, 가짜 시계를 공개된 장소에서 대놓고 팔지는 않겠지 하는 믿음 때문이었다. 그리고 그 믿음은 준욱을 배신하지 않았다. 골목으로 들어선 지 3분도 지나기 전에 가짜 시계가 가득한 리어카가 준욱의 눈에 들어왔다.

"Come on. Rolex? Omega? What do you want?"

다행히 이태원의 상인들은 짧은 영어라도 가능했기 때문에 준욱은 뒤에서 얌전히 구경만 하고 있었다. 그런데 그 시골 노인은 리어카 상인과 몇 마디 나누더니, 준욱에게 자신을 따라오라는 손짓을 했다. 준욱이 '뭐지?' 하며 당황하자, 상인이 대신 설명해주었다.

"가짜도 여러 등급이 있는데, 이분은 S급 가짜를 원하네요. 진품에 가까운 최고급 가짜죠. 그런데 그런 물건은 길에서 내놓고 팔 수 없으니, 다른 곳으로 이동해야 해요."

그렇게 상인은 그 옆 건물로 들어가 좁은 통로를 이리저리 한참 돌고 나서야, 간판도 없는 어느 시계점에 도착했다. 쇼케이스에 진열된 가짜 명품 시계들을 본 그 시골 노인은 그제야 만족스러운 미소를 지었다. 준욱도 그런 고급 가짜 시계는 처음이라, 눈을 크게 뜨고 흠집이라도 없는지 살펴본 후, 가게 주인에게 슬며시 물었다.

"이 시계들은 얼마나 해요?"

"여기서 파는 시계는 대부분 15만 원 이상이고, 진품 보증서만 없을 뿐, 품질 면에서는 진짜나 다름없어요. 아마 일반 시계점에서는 가짜인 줄 절대 모를걸요."

시계방 주인이 자랑스럽게 대답했다. 그의 팔짱 낀 모습을 본 준욱은 참 쓸데없는 자부심이라고 생각하면서도, 지난달 밀린 월급이 나오면 꼭 여기 와서 가짜 시계 하나를 사야겠다고 다짐했다.

그리고 준욱은 앞으로 '그 시골 노인'에서 '시골'이라는 단어는 빼주기로 마음먹었다. 한국에서 30년 이상을 산 자신도 모르는 것을 그 시골 노인이 알고 있었으니, 당연한 조치였다.

그 노인, 아니 모하마두 씨는 마치 빌려 입은 것처럼 조금은 커 보이는 양복 상의 안에서 100달러짜리 뭉칫돈을 꺼내더니, 한 장 한 장 쇼케이스 위에 내려놓으며 숫자를 세어 금빛 롤렉스 10개를 샀다. 그리고 나서 이번에는 기념품 가게로 향했다. 준욱도 이제는 모하마두 씨의 쇼핑에 흥미가 생겨, 아까와는 달리 가벼운 발걸음으로 가이드 역할을 했다.

외국인과 함께 쇼핑을 해본 사람이라면 알겠지만, 한국을 방문한 외국인치고 물건을 사며 흥정을 하지 않는 경우는 드물다. 왜냐하면 가격표가 붙어 있지 않으니까. 특히 이태원 같은 곳에서는 더 심했다. 모하마두 씨는 아까부터 특산품 가게에서 자개장 하나를 놓고 주인과 5분이나 흥정을 했지만, 끝날 기미가 보이지 않았다.

전복의 무지갯빛 껍질을 일일이 다듬어 고급스럽게 만든 자개장은 대부분의 한국인에게도 흔히 볼 수 없는 진귀한 상품이라, 그 가격을 가늠하기조차 어려웠다. 그래서 구경하는 준욱도 답답했고, 그 진귀한 것을 파는 주인 역시 답답하고 속이 타들어갔다. 하지만 모하마두 씨는 물러서지 않고 여전히 자신이 생각한 가격만을 고집하더니, 갑자기 원래 원했던 자개장 옆에 있는 더 작은 자개장을 가리키며 그 가격을 주인에게 물어보았다.

"500달러!"

원래 600달러짜리 자개장이었지만, 주인은 자기 가게가 상품을 싸게 판다는 것을 강조하기 위해 정가보다 더 낮은 가격을 불렀다. 그러자 모하마두 씨는 고개를 갸우뚱하더니, 그 옆에 있는 자개장을 또 지목했다.

"그건 400달러! 우리 가게는 절대 바가지 안 씌워요. 아주 싸게 드립니다!"

이번에도 주인은 원래 가격보다 더 낮은 가격을 불렀다. 어떻게든 큰 자개장을 팔아야 했기 때문이다.

"오케이!"

짧게 한마디를 외친 모하마두 씨는 10분간 실랑이하던 큰 자개장을 제쳐두고, 방금 주인이 400달러라고 한 그 자개장을 빠르게 집어 들었다. 주인이 미처 정신을 차리기도 전에 일어난 일이었다.

알고 보니 모하마두 씨는 처음부터 그 작은 자개장을 노렸으나, 전혀 내색하지 않고 엉뚱한 물건으로 주인의 혼을 빼놓은 뒤, 원래 가격보다 더 싸게 자신이 원하던 거래를 마무리한 것이었다.

'아뿔싸!' 했지만 주인은 어쩔 도리가 없었다. 자기 입으로 분명 400달러라고 말했으니. 그리고 뒤에서 이 모든 걸 지켜본 준욱은 이 노인의 정체가 더욱 궁금해졌다.

31. 모하마두 패밀리 — 1997

       그렇게 모하마두 씨의 한국 내 일정이 끝나고, 한술은 압구정동의 고급 갈빗집에서 그와 마지막 저녁 식사 자리를 가졌다. 준욱은 회사의 빈곤한 사정상 그 자리에 동참하지 못하고, 식사가 끝나갈 무렵 운전을 위해 그곳에 찾아갔다.
  "어, 강 대리 왔구나. 밥 안 먹었으면 냉면이나 한 그릇 해."
  한술은 대리운전을 해줄 준욱을 반기며 선심 쓰듯 갈비가 아닌 냉면을 권했지만, 그 식당 냉면은 오장동 함흥냉면만큼이나 맛있었기에 준욱은 마다하지 않고 냉큼 자리에 앉아 비빔냉면을 주문했다. 그리고 차가운 육수까지 더 달라고 해 평양냉면의 맛까지 음미할 참이었다.
  준욱은 냉면을 기다리며 식탁 위에 아직 남아 있는 갈비를 슬쩍 집어 먹으며 분위기를 살펴보았다. 두 사람이 식사하는 동안 사업 얘기는 하나도 못 하고 엉뚱한 잡담만 한 것 같은 인상을 받은 것은 모하마두 씨의 마지막 말 때문이었다.
  "강 사장님 덕분에 한국에서 편하게 잘 지냈습니다. 근데 대양은 뭐 하는 회사죠?"

준욱은 속으로 또 부아가 치밀어 올랐다.
'아니, 지금까지 사업 얘기는 안 하고, 대체 무슨 얘기를 한 거야?'
한술도 이제야 때가 되었다고 생각하며 입을 열었다.
"저희는 플라스틱 생산 공장을 수출합니다."
"플라스틱 생산 공장이라… 거기서는 뭘 만들죠?"
"플라스틱 제품이라면 뭐든지 생산 가능합니다. 비닐봉지도 만들고, 그릇, 상자, 주사기 같은 것도 만들죠. 원하시면 내일 출국하실 때 사업 제안서를 드리겠습니다."
"네, 그러세요."
모하마두 씨의 딱딱한 표정을 보니, 별 의미 없이 그냥 예의상 물어본 것 같았다. 그래서 준욱은 이태원에서 가짜 시계 장만할 날이 한층 더 멀어졌음을 느꼈다.
"내일 먼 길 가시니, 오늘은 이만 일어나시지요."
사업에 관심이 없는 표정을 읽었는지, 한술도 평소답지 않게 일찍 술자리를 끝내려고 했다.
"강 대리, 나는 택시 타고 들어갈 테니, 모하마두 씨 숙소까지 잘 모셔다드려라."
서로 가는 방향이 비슷해서 모하마두 씨를 먼저 내려주고 한술의 집으로 가도 됐지만, 한술은 이틀간의 노력이 헛되었다고 느꼈는지 택시를 불렀다. 그리고 도착한 택시를 타고 한술이 자리를 떠나자, 준욱과 모하마두 씨만 덩그러니 남게 되었다.
"숙소로 가시겠습니까? 하얏트 호텔?"

혹시 몰라서 준욱은 모하마두 씨에게 목적지를 확인했다.

"오늘은 서울에 사는 아들 집에서 잘 거야. 여기로 가세."

모하마두 씨는 지갑에서 명함을 한 장 꺼내주었는데, 준욱에게는 이상하게 낯이 익었다.

'음… 나이지리안 석유 회사… 앗, 비행기에서 만난 그 모슬렘이잖아!'

준욱은 처음부터 '모하마두'라는 나이지리아 이름이 낯설지 않았던 것을 상기하며, 그때서야 그 이슬람 부부와 모하마두 씨가 한 가족이었다는 것을 알게 되었다.

'아이고, 이런 우연이 있나?' 마음 같아서는 당장 하 과장에게 전화해 이 기막힌 사연을 털어놓고 싶었지만, 준욱은 꾹 참으며 모하마두 씨 아들 집까지 차를 몰았다.

미리 연락되어 있었는지 아들 내외는 아기를 안고 집 앞에서 모하마두 씨를 기다리고 있었다. 평소 낯선 만남을 싫어했던 준욱은 그를 빨리 내려주고 그 자리를 벗어나려 했지만, 모하마두 씨가 한사코 아들 내외에게 자신을 소개하는 바람에, 결국 그 모슬렘 부부 앞에 얼굴을 드러낼 수밖에 없었다.

"어, 당신? 맞나요? 그때 그 비행기에서!"

내 얼굴이 그렇게 기억하기 쉬웠나 하며 준욱은 당장 거울이라도 보고 싶었지만, 일단 그 부부에게 인사부터 했다.

"앗살람 알라이쿰!"

뜻밖의 광경을 본 모하마두 씨는 오랜만에 아들 내외를 만난 기쁨보다, 준욱과 아들 내외가 서로 알고 있다는 사실에 더 흥미를 느꼈다. 아들이 그날의 상황을 설명하는 동안, 준욱은 조금씩 뒷걸음질 쳐 차로 돌아갔다. 혹시 그들이 말을 걸 경우, 준욱은 무조건 'My pleasure(천만에요)'를 외치며 도망갈 생각이었지만, 다행히 그 가족들은 준욱에게 감사의 말만 하며 차까지 다가오지는 않았다.

'정말 고마우면 100달러짜리 하나라도 주면서 생색을 내든가!'

그렇게 투덜대면서 운전대를 잡은 준욱은 집에 도착할 때까지 뒷좌석 한편에 보이지 않게 놓인 100달러 지폐 두 장을 끝내 알아차리지 못했다.

다음 날 아침, 준욱이 뜻밖의 횡재에 기쁜 마음으로 출근하니, 하 과장이 울상을 지으며 컴퓨터 앞에 앉아 있었다.

"또 무슨 일 생겼어?"

"아니, 사장님이 아침부터 주사기 공장 사업 제안서 하나 빨리 작성하라는데, 기계 가격이나 설치비가 그동안 많이 변동됐을 거 아냐? 그걸 한 시간 내에 업체에서 어떻게 견적을 받아?"

"예전에 있던 거 그냥 줘. 뭐가 걱정이야! 어차피 안 사잖아."

"혹시나 덜컥 산다고 하면 어떡해? 환율도 어찌 될지 모르는데."

"아이고, 걱정도 팔자다. 그게 그렇게 쉽게 팔렸으면 지금 우리 회사 노 났지, 이 고생을 하겠냐고?"

"자기 일 아니라고 대충 말하지 마. 그런데 우리 마진 얼마나 넣을까?"

"뭐, 나중에 사장님한테 안 깨지려면 예전 가격에서 한 25% 올려. 설마 그 가격에 우리가 손해 볼 일 있겠어?"

"그러게, 그 가격이면 환율 좀 내려도 절대 손해는 안 보지!"

준욱의 조언에 하 과장은 자판을 치려다 잠시 멈칫하더니 25% 대신 35%를 입력했고, 곧이어 엑셀 세로줄 Price 칸의 숫자들이 차례대로 35% 상향된 가격으로 수정되었다.

'아이고, 모르겠다, 될 대로 돼라!'

잠시 후 하 과장은 지금까지 단 한 번도 팔아본 적 없는 주사기 공장 사업 제안서를 출력해 한슬에게 올렸고, 그것은 다시 준욱의 손을 거쳐 출국하는 모하마두 씨에게 전달되었다. 그러나 별 관심 없는 그의 표정은 여전해서 하 과장이 아침부터 쓸데없는 고생을 했다고 준욱은 생각했다.

32. 레알 모하마두 — 1997

　　모하마두 씨가 출국한 후 한 달이 지났다. 한술의 회사는 여전히 어려운 상황이었지만, 사무실에서 배달시켜 먹는 점심은 언제나 맛있었다. 특히 비 오는 날이면 더 그랬다.
"따리리라-."
　　전화기가 요란하게 울리자, 하 과장이 수저를 내려놓으며 말했다.
"남들 밥 먹는 점심시간에 저렇게 매너 없이 남의 회사로 전화하는 거 보니, 저놈은 분명 백수일걸? 우리 커피 내기할까?"
"나도 백수에 한 표!"
　　준욱도 동참했지만, 미스 김은 두 남자가 한심하다는 듯 고개를 절레절레 흔들며 전화를 받았다.
"네, 대양입니다. 외환은행요?"
　　미스 김은 두 남자가 똑똑히 들으라는 듯 일부러 통화 내용을 크게 읊었다.
"오늘 우리 회사 계좌에 15만 달러가 T. T.(전신환)로 입금됐는데, 송금 명목이 불분명해서 확인차 연락하셨다고요? 저희 최근에 수출 건이 하나도 없는데… 잠시만요."

미스 김은 수화기를 손으로 막고 '이거 뭐야?'라는 표정으로 하 과장을 바라보았고, 하 과장은 손을 벌벌 떨며 식사하러 나간 한 술에게 전화를 걸었다.

"사장님! 방금 나이지리아에서 계약금 들어왔습니다! 그것도 전신환으로요!"

그리고 하 과장은 고개를 돌려 미스 김에게 크게 소리 질렀다.

"그거 우리 돈 맞아! 그래, 계약금이야!"

하 과장은 흥분을 참지 못하고 밖으로 뛰어나가더니 잠시 후, 담배 냄새를 잔뜩 풍기며 들어왔다. 그의 손에는 한 봉지 가득 캔 커피가 들려 있었다.

33. 구멍 난 댐 — 1997

　　나이지리아 모하마두 씨로부터 계약금을 받았으니, 이제 기계를 내보내고 현지에서 설치한 후, 시제품을 만들어 그에게 보여 준 다음 잔금을 받으면 끝이었지만, 한술에게는 그 쉬운 수출 절차조차 버거웠다. 당장 기계업체에 현금으로 줄 계약금이 부족했기 때문이었다.

　그래서 계약금 30%가 아니면 기계를 팔지 않겠다는 업체들과 실랑이하는 건 하 과장에게 새로 부여된 일과였다. 지난 몇 년 동안 그 업체와 단 한 번의 거래 없이 견적만 주야장천 받아왔던 터라, 이제는 진짜로 기계를 산다고 해도 업체들이 믿지 못하는 태도를 보이는 것도 어쩌면 당연했다.

　"아, 어쩌다 구매자가 업체에 이렇게 구걸하듯 물건을 사야 해?"

　"그래도 다행이지, 빈집에 소 들어온 격이잖아? 크크."

　현실은 여전히 어려웠지만 사무실 분위기는 예전보다 한결 밝아졌다.

　"근데 이번 수출 건 L. C.로 안 하고 T. T.로 해도 괜찮겠어요? 나중에 그쪽에서 배 째라고 하면 어쩌려고요?"

T. T. 방식의 수출은 현금으로 거래를 하기에 빠르고 편리한 이점이 있지만, 가끔 상대방이 물건만 받아 가고 잔금을 안 주는 경우가 있어서 미스 김이 걱정스러운 듯 물었다.

"그러게, 그 노인네 보통내기가 아닌데…"

준욱도 모하마두 씨의 이태원 쇼핑을 떠올리며 걱정이 앞섰다.

"난 그 문제보다도 이제 나이지리아에 가서 공장 짓고 기계 설치할 걸 생각하면 정말 까마득하다. 아이고, 머리야~"

하 과장이 가끔 걱정했던 악몽이 현실이 되었으니 그럴 만했다.

"그러게, 왜 하필 주사기 공장을 던졌어? 그건 클린룸 설비까지 해야 하니, 나중에 제품 안에서 실수로 먼지 하나만 나와도 난리가 나잖아?"

"난들 좋아서 그걸 선택했겠어? 주사기 공장이 우리 사업 중에 제일 규모가 크고, 많이 남으니, '설마 이걸 사겠어?' 하며 뒷일 생각 안 하고 과감하게 저지른 거지."

"그러다 진짜 한 방에 갈지도 모르니 마무리 잘해. 부탁이다, 하 과장! 우리도 제발 남들처럼 보너스 한 번만 받아보자. 응?"

34. 클린룸? clear! — 1997

며칠 후 준욱과 하 과장의 우려대로 모하마두 씨의 별도 요구 사항이 대양으로 계속 날아오기 시작했다.

"모하마두 씨가 이번엔 승합차를 한 대 추가해달라는데요."

"뭐, 그거 얼마나 한다고. 그냥 줘!"

급한 회사 운영비를 일시적으로나마 해결한 터라 한술은 예전에 비해 격한 성격이 많이 누그러졌다.

"차를 주는 건 문제가 아닌데 수출 절차를 거쳐야 하니, 원산지 증명서나 패킹 리스트 등 수출 서류들을 모두 수정해야 합니다."

"그게 문제라도 돼? 하 과장, 너 일하기 싫어서 그러는 거야?"

"아뇨. 그런 의미가 아니라, 그쪽과 서류상으로 컨펌하는 과정에 시간이 자꾸 지체됩니다."

"어이, 하 과장! 시간이 얼마가 걸리든 그냥 그쪽에서 해달라고 하는 대로 다 해줘. 우리 생명의 은인이잖아, 잊었어?"

"저번에 그들이 추가로 요구한 컴퓨터 10대도 서류 변경하는 데 보름이나 걸렸고, 국내에서 구하기도 힘든 영문 윈도우와 오피스 프로그램을 찾아 용산 미군 부대까지 들락거리며 애먹었습니다."

그러면서 하 과장은 더욱 조심스럽게 말을 꺼냈다.

"사장님이 모하마두 씨에게 연락하셔서, 만약 추가로 원하는 것들이 있으면 찔끔찔끔 말하지 말고, 한 번에 몰아서 요구하라고 전해주시면 안 될까요?"

"아이고, 우리 하 과장이 이제 배가 불렀네! 잔소리 말고 바이어가 원하면 그냥 원하는 대로 다 해줘, 토 달지 말고!"

하 과장이 어깨를 축 늘어뜨린 채 사장실을 나오자 기다렸다는 듯 준욱이 놀려댔다.

"왜 씨알도 안 먹히는 소리를 해서 괜한 욕을 먹어, 응?"

"새삼 느끼는 거지만, 평생 사장님이랑 같이 살아온 네가 대단하다, 진짜!"

하 과장은 되도록 한술과 부딪치고 싶지 않았지만, 그에게는 이번 주사기 공장 수출 건에서 진짜 큰 골칫거리 하나를 남겨두고 있었다. 그것은 정말 심각한 문제였기에 하 과장은 한숨만 푹푹 쉬다가 마침내 결심한 듯 사장실로 다시 들어갔다.

"저어, 사장님."

"이번엔 또 뭐야?"

하 과장의 어두운 표정을 본 한술이 날카롭게 쏘아붙였다.

"이번에 나이지리아 기계 설치하러 제가 못 나갈… 아니, 차라리 안 가는 게 좋겠습니다."

"뭐? 지금 와서 무슨 소리야?"

"솔직히 말씀드려서 주사기 공장 규모 자체도 저에게 큰 부담이 되는데, 설상가상으로 공장에 포함된 클린룸 시설에서 혹시나 무슨 문제라도 발생하면 완성된 주사기들 다 폐기하고 공장 전체가 난리가 날 겁니다. 그런데 제가 그 방면의 전문가도 아니지 않습니까?"

딱히 틀린 말도 아니었다. 한슬은 말없이 하 과장을 한참 쩨려보더니, 아까보다는 차분한 목소리로 물었다.

"그러니까, 너 대신 대타를 뽑아 거기에 대신 보내라는 거지?"

"네, 제가 일부러 가기 싫다는 게 아니라 회사를 위해서도 그게 낫습니다. 그리고 사장님, 클린룸 전문가는 반드시 실전 경험이 풍부한 기술자로 구해야 합니다."

"알았어. 나가봐!"

어쩐 일인지 한슬은 더 화를 내지 않고 간단하게 대화를 마쳤다. 하 과장이 무사히 사장실을 나오자, 오히려 준욱이 놀랐다.

"와, 앰뷸런스 부를 준비하고 있었는데 기적처럼 살아 나왔네!"

"그러게, 내 몸 어디가 부러져서 들것에 실려 나오는 게 차라리 마음이 편할 것 같은데, 사장님은 대체 무슨 꿍꿍이시지?"

"그걸 알아서 뭐 해? 어쨌든 무사 귀환했으니 오늘 한잔하자!"

하 과장이 사장실을 나간 후, 한슬은 책상 위 명함첩을 뒤지더니, 누군가에게 전화를 걸었다.

"아이고, 배 사장님, 그간 잘 계셨습니까?"

"네, 덕분에 잘 지냅니다. 강 사장님도 사업 잘되시죠?"

전화를 받은 인물은 몇 달 전 사기꾼을 잡겠다며 한슬과 함께 나이지리아에 다녀온 배 사장이었다. 그는 한술 덕분에 사기 사건의 충격에서 벗어나 그의 제약공장을 원만하게 운영하고 있었다.

"안 그래도 그 문제로 전화드렸습니다."

상황이 매우 급한지라, 한술은 단도직입적으로 말했다.

"배 사장님께서 저번에 제약공장을 운영하신다고 하셨는데, 혹시 그 공장에 클린룸 시설도 설치되어 있습니까?"

"당연하죠. 몸 안에 들어가는 약이나 의료 기구를 만드는 공장은 반드시 클린룸 시설을 설치해야 합니다."

"마침 잘됐네요. 이번에 우리 회사가 나이지리아에 주사기 생산 공장을 짓는데, 신규 사업이라 클린룸 전문가가 없어서요. 비용은 저희가 댈 테니, 배 사장님께서 클린룸 전문가 좀 구해주세요."

"아니, 클린룸 경험도 없이 주사기 공장을 판매하셨다고요? 하하, 강 사장님은 꼭 현대건설 정주영 회장 같으시네요. 그분도 조선소 없이 그리스 회사에 대형 선박을 팔았죠."

"네, 제가 예전부터 계약은 좀 하고 다녔습니다. 하하."

평소 존경하던 정주영 얘기가 나오자, 한술도 웃으며 답했다.

"어쨌든 강 사장님이 부탁하시니, 멀리서 전문가를 찾을 게 아니라 우리 회사 공장장을 보내드릴게요. 그 사람은 공장 설립 때부터 지금까지 계속 클린룸을 담당했으니 아마 잘해낼 겁니다."

"말씀은 정말 고마운데, 배 사장님 쪽도 공장장은 필요하지 않으신가요? 우리 공장 설치에 적어도 한 달 정도는 걸릴 텐데요."

"괜찮습니다. 강 사장님께서는 남의 일에 일부러 아프리카까지 가서 도와주셨는데, 저도 당연히 그 정도는 해야지요."

이렇게 둘은 이견 없이 대화를 마쳤고, 하 과장의 걱정은 너무나 쉽게 해결되었다.

35. Bad, Worse, Worst — 1997

보름 후, 나이지리아로 나갈 모든 기계가 준비되어 방청유가 뿌려진 채 나무 박스로 튼튼하게 포장되었고, 그것들은 다시 컨테이너에 실려 부산항으로 향했다. 마지막 컨테이너에 씰(seal)을 채우며 하 과장이 아쉬운 듯 말했다.

"만약 이번 수출 건을 L. C.로 계약했으면, 이것들을 부산항 배에 선적한 후 바로 은행에서 잔금을 받을 수 있었을 텐데, 급한 마음에 괜히 T. T.로 계약해서 시제품 나올 때까지 잔금도 못 받네. 젠장!"

"그러게. 나이지리아에서 계약금 들어왔을 때 잽싸게 사장님께 L. C.로 계약 변경하자고 밀어붙였어야지! 만약 그랬다면 내일부터 우리 회사도 고생 끝이잖아?"

"야! 내 목이 몇 개라고 감히 사장님께 그런 건의를 해? 클린룸 설치 건 그냥 탈 없이 곱게 넘어간 것만 해도, 내가 전생에 나라를 몇 번이나 구했나 싶다. 진짜!"

"그러게, 그래도 이 기계들 다 떠나보내니 한시름 놓았잖아?"

"한시름 놓기는? 이제 내일부터 당장 기계업체마다 잔금 달라고 난리들을 칠 건데, 난 어디 도망이라도 가고 싶다!"

하 과장의 걱정대로 다음 날부터 기계업체로부터 빨리 잔금을 달라는 전화가 하루에 몇 통씩 오기 시작했다.

"아니, 그 회사는 무역 거래를 도대체 어떻게 하길래, 물건을 배에 싣고도 잔금을 안 줘요?"

"죄송합니다, 사장님. 잔금은 조만간에 확실히 드릴 테니 조금만 기다려주세요. 바이어가 워낙 깐깐해서 시제품을 보고 난 후에야 잔금을 준다고 합니다. 저희도 답답해 미치겠습니다."

"어쨌든 빨리 잔금 안 주면 나이지리아에 기계 설치하러 갈 우리 기술자들 안 보낼 테니까 알아서들 해요."

"에이, 사장님도. 어렵게 아프리카까지 가는데, 설치는 마무리하고 와야죠. 그래야 잔금도 빨리 받죠."

"아유, 이놈의 대양, 때려죽일 수도 없고! 하여튼 이번 건만 끝내면 다시는 거래 안 할 거야!"

한 달간 하 과장이 모하마두 씨 핑계로 매일 고통의 시간을 보내던 중, 뜻밖의 충격적인 소식이 나이지리아 현장에서 날아왔다.

"사장님, 큰일 났습니다."

하 과장은 이런 보고를 해야 하는 자신이 너무 싫었다.

"또 무슨 큰일이야? 업체에서 회사에 쳐들어오기라도 했어?"

하 과장과 마찬가지로 잔금 때문에 여러 업체로부터 시달림을 받는 한술은 짜증부터 냈다.

"나이지리아에서 주사기 시제품을 뽑는 도중에 전기 회로 기판

이 다 타버렸답니다."

"뭐야? 아니, 제품을 어떻게 만들었길래 벌써 불량이 나와?"

한술의 목소리가 더 커졌다.

"우리가 그깟 계약금 좀 적게 줬다고 기계를 대충 만든 거 아냐?"

"아닙니다, 사장님. 우리 업체에서 기계를 잘못 만든 게 아니라, 나이지리아 전력 사정이 워낙 안 좋아서 전압이 수시로 왔다 갔다 하다 보니, 저희 기계 내의 전기 회로가 고전압을 버티지 못하고 타버렸다고 합니다."

"젠장, 빌어먹을 나라 같으니라고! 일단 기계업체에 연락해서 빨리 기판 새로 만들어서 항공편으로 보내라고 해."

"기판 제작해서 항공편으로 보내도 적어도 열흘은 걸립니다."

"열흘 아니라 한 달이 걸려도 반드시 해야지. 어떡할 거야? 방법 있어? 빨리 마무리하고 잔금을 받아야 할 거 아냐?"

"사장님, 지금 그게 문제가 아닌데요."

이번에는 진짜 죽었다는 심정으로 하 과장이 작게 말했다.

"열흘 후에도 그쪽 전기 사정은 나아지지 않습니다. 똑같습니다!"

"야! 그런 건 미리 파악했어야지, 지금 얘기하면 어떡해!"

'아니, 이 사무실에서 나이지리아 다녀온 사람은 사장님밖에 없잖아요!'라며 대꾸하고 싶었지만, 하 과장은 고개를 떨구며 겨우 사장실을 빠져나왔다.

이 험난한 상황이 벌어질 걸 예상했던 준욱은, 그래도 방음이 잘 되어 한술의 고함이 들리지 않는 좁은 샘플실에서 먼지 쌓인 카탈로그를 몇 권 들추어 보다가, 마침 사장실에서 나온 하 과장에게 다가갔다.

"어쩜, 우리 회사는 하루도 조용할 날이 없냐? 누가 일부러 망하라고 어디서 굿이라도 하는 거 같네."

"야, 지금 농담이 나오냐? 회사가 쫄딱 망하게 생겼는데!"

준욱은 뒤적이던 카탈로그 중에 몇 권을 골라 하 과장에게 건네주며 말했다.

"나 처음 입사했을 때, 하 과장 네가 코엑스 가서 기계 카탈로그 챙겨놓으라 한 거 기억나?"

"알지, 뭘 말하고 싶은 건데?"

"거기 답이 있잖아!"

준욱이 건네준 카탈로그를 말없이 살펴본 하 과장은 벌떡 일어나 사장실로 뛰어갔다. 그 카탈로그 속에는 여러 종류의 산업용 발전기가 있었다.

"사장님! 해결책을 찾았습니다. 발전기를 돌려서 전압을 일정하게 유지하면 됩니다!"

"뭐? 아, 그거 좋은 생각인데!"

한술이 생각하기에도 좋은 방법이라 목소리가 밝아졌다. 하지만 잠시 후 그의 목소리가 또다시 높아졌다.

"야 인마! 지금이야 그렇다 쳐도 발전기로 매일 공장을 돌리면 그 기름값을 어떻게 감당할 거야, 응?"

"…"

이번에는 진짜 빠져나올 수 없는 함정에 걸려 하 과장은 숨이 막힐 지경인데, 사장실 문이 조금 열리면서 준욱이 고개만 내밀었다.
"사장님, 나이지리아는 산유국인데요!"
사장실 밖에 몸을 걸친 준욱의 손에는 나이지리아 석유 회사 모하마두의 명함이 쥐어져 있었다.

36. 수줍은 고백 — 1997

"김 양아, 그거 다 계산해봤니?"

잔금 독촉 전화를 피해 느지막이 출근한 한술은 대뜸 미스 김부터 호출했다. 오늘은 드디어 미스 김 차례인 듯해서 하 과장과 준욱은 사장실 문밖에서 앞으로 벌어질 참사를 살짝 엿듣고 있었다.

"오늘은 환율이 어때?"

"850원에서 900원 사이를 왔다 갔다 합니다."

"음, 환율이 높을수록 우리에게 유리하니까 넉넉하게 달러당 900원으로 잡고, 나이지리아에서 잔금 다 들어와서 업체들 것 결제해 주고, 지금까지 우리 회사가 빌린 부채를 다 갚으면 얼마나 남아?"

미스 김은 들고 온 계산기로 빠르게 계산하더니 무뚝뚝하게 보고했다.

"남는 거 하나도 없고요, 그냥 빚만 갚는 것으로 만족해야 할 것 같습니다."

"아니, 하 과장 저놈이 자기 마음대로 계산해서 35%나 바가지를 씌웠는데도, 하나도 안 남는다는 말이야?"

사장실 밖에서 하 과장과 준욱은 서로를 바라보며 히죽 웃었다.

"사장님, 그나마 그 실수 덕분에 빚이라도 다 갚는 거에요. 제값 받았으면 아직도 적자예요."

살짝 토라진 듯 미스 김이 다시 말을 이었다.

"아니, 솔직히 말해서 저희가 근 10년간 벌어놓은 거 하나도 없고 빚만 늘었잖아요?"

평소 같으면 말대꾸했다고 크게 나무랄 상황이었지만, 미스 김 말대로 지난 10년간 진짜 비참할 정도로 사업이 안된 건 사실이었기에, 한술은 그냥 입술을 깨물며 미스 김을 돌려보냈다.

아무 탈 없이 한술에게서 살아 돌아온 미스 김을 축하하기 위해 그날 밤 회식이 있었다. 물론 한술을 제외한 세 사람만의 조촐한 술자리였다.

"남는 건 없지만, 그래도 그 많은 빚이라도 다 갚은 게 어디야?"

"그러게, 이번에 주사기 공장 안 됐으면, 우리 회사뿐만 아니라 아마 사장님 주변 여러 집안 박살 났을걸."

"우리 하 과장님 신의 한 수, 35%도 정말 대단했죠! 호호."

미스 김이 술김에 하 과장을 향한 속내를 살짝 드러냈다.

"그게 신의 한 수인지, 아니면 수전증인지 알 게 뭐야? 아니, 혹시 지금까지 그렇게 바가지 씌워서 하나도 안 팔린 거 아냐?"

"우리 강 대리는 사장님 닮아서 말을 참 예쁘게도 한다!"

"어쨌거나 여기까지 버틴 게 어디야! 자, 건배!"

준욱이 입사한 이후로 이렇게 화기애애하게 회식을 한 건 아마 그날이 처음일 것 같았다. 아니, 그때까지 회사 형편상 그런 회식조차 해본 적이 없었다.

"그나저나 요즘 나라 꼴이 말도 아니야! 대기업에 다니던 놈들은 이제 동창회도 안 나와."

준욱은 술집 안 TV를 물끄러미 바라보며, 요즘 한창 부도로 무너지는 대기업들의 사연으로 화제를 돌렸다.

"그 정도로 뭘 그래요? 우리는 거의 10년 동안을 그렇게 살았는데!"

"야, 강 대리, 볼륨 줄여. 술 마시다 웬 TV야?"

볼륨은 취객들의 소음에 들리지 않을 정도로 낮춰졌고, 자랑스러운 35% 바가지의 주인공 하 과장은 자신의 공적에 스스로 감탄한 듯 미스 김에게 물었다.

"미스 김! 나이지리아 잔금 아마 내일쯤 들어오겠지?"

"아뇨, 잔금은 이미 들어왔고, 조만간 환전해서 빚잔치부터 끝낼 거예요."

"아~ 그래서 오전에 사장님이 미스 김을 부른 거였구나. 알았어! 그렇다면 내가 내일 당장 환전해서 우리 보너스 좀 달라고 사장님께 건의해볼게!"

"진짜야? 그렇게 해준다면 내가 내일부터 형이라고 불러줄게!"

"아, 덤으로 저는 오라버니라고 불러줄게요!"

"걱정하지 마! 내가 타이밍 잡는 건 기가 막히잖아? 내일 목숨을 걸고서라도 환전하자고 건의할게. 아니면 배 째라 하고 사장실에 드러누울게. 하하."

그렇게 웃으며 술자리를 끝낼 즈음, 음소거된 TV 화면에는 막 속보가 뜨며 굳은 표정의 임창열 부총리가 많은 기자 앞에서 엄숙하게 무언가를 발표하고 있었다.

 1997년 11월 21일 밤 10시, 대한민국 김영삼 정부는 4천만 국민의 기대를 저버리고 IMF에 구제금융을 신청한다고 기습적으로 발표했다. 훤한 대낮에 저지르기엔 너무나 수줍은 고백이었다.

37. 다 타버린 연탄 — 1998

다음 날, 호언장담했던 하 과장이 감히 사장님께 보너스 얘기는 꺼내지도 못한 채, 환율은 미친 듯이 뛰어올라 열흘 만에 무려 1,900원을 넘어섰고, 그제야 한술은 미스 김에게 나이지리아에서 들어온 잔금을 모두 환전하라고 지시했다. 그래서 하 과장이 사장실에 드러누워 '배 째라~' 하며 난동을 부릴 이유도 사라졌고 직원들의 작은 소원도 함께 이루어졌다.

그동안 빚진 것, 신세 진 것, 도움받은 것, 밀린 월급, 차마 말도 못 꺼낸 퇴직금 등 돈에 관한 모든 골칫거리는 거짓말처럼 하루아침에 모두 다 해결되었다.

하지만 단 하나… 10년간 그 고통을 가슴속에서 술과 담배로 누르며 버티었던 한술의 건강만은 제자리로 돌아오지 못했고, 긴장이 풀어진 탓에 더 급격하게 악화하여 그를 괴롭혔다.

"죄송합니다만, 치료하기에는 이미 늦었습니다. 굉장히 힘들었을 텐데 지금까지 어떻게 참으셨나요? 이제라도 공기 좋은 곳에 가셔서 세상일 신경 쓰지 마시고 편하게 시간 보내세요."

냉정한 의사의 진단에 한술은 말없이 고개를 떨구었다. 아무리

모진 세상의 역경을 다 이겨낸 그였지만, 이번만큼은 어쩔 도리가 없었다.

얼마 후 한술은 이미 정해진 운명을 인정하며, 젊었을 때 그의 모든 열정을 쏟아부은 부산의 M-16 공장 근처 바닷가로 인숙과 함께 요양차 이사를 하였고, 회사에는 하 과장과 미스 김만 남았다.

퇴사한 준욱은 그동안 한술의 대리운전을 하며 겪은 심적, 육체적 고생을 모두 보상하라고 떼를 써, 결국 한술에게 초기 자금을 얻어 주식 투자를 전업으로 새로운 삶을 꿈꾸었지만, 몇 년 만에 결국 초기 자본마저 다 날리고 아르바이트로 겨우 생계를 유지했다. 가끔 작은 직장에 취업도 해보았지만, 이상하게 가는 회사마다 모두 망하는 것이 어쩔 수 없는 그의 팔자이기도 했다.

38. 숨겨진 고통 — 2004

어느 날, 준욱은 어머니 인숙에게서 걸려온 전화를 받았다.
"그동안 잘 지냈니? 안 바쁘면 내려와서 네 아버지 얼굴이라도 한번 보렴."

준욱은 그 말의 의미를 알기에 조만간 내려가겠다고만 답했다. 며칠 후, 준욱이 부산에 도착하자 한술과 인숙이 역으로 마중 나왔다.

그사이에 10년은 더 늙은 듯한 한술이 직접 운전해, 어릴 때 준욱이 뛰어놀던 철마면의 군인 아파트로 이동했다. 그곳에서는 아직도 군수업체가 운영되고 있어 민간인 통제 구역인 탓에, 신기하게도 30년이 지났지만 조금도 변함없이 예전 모습을 유지하고 있었다. 준욱은 왜 여길 왔는지 한술에게 묻고 싶었지만, 막상 와보니 어릴 적 생각도 나서 말없이 창밖만 내다보았다.

"너 기억나니? 너 어릴 때 저 수영장에서 여름 내내 뛰어놀았잖아? 나중엔 새까맣게 타서 물집이 생겨 잠도 제대로 못 자서 결국 병원까지 갔었지."

그동안 치를 떨었던 한술답지 않은 말투에 준욱은 태어나 처음으로 그가 불쌍하다는 생각이 들었지만, 내색하기 싫어서 그냥 아랫입술만 씹고 있었다. 어쩌면 평생 이런 대화조차 해본 경험이 없어 어떻게 답해야 할지 몰라서일 수도 있었다.

그렇게 어릴 적 살았던 마을을 한 바퀴 돌고 나서, 한술은 어딘가를 찾는 듯 계속 산길을 헤매다 결국 어느 허름한 고깃집 앞에 차를 세웠다.

"배고프지? 들어가자. 겉은 이래도 이 집 고기 정말 맛있다."

세 사람은 말없이 고깃집 안으로 들어가 자리를 잡았고, 주문한 고기가 나올 동안 한술은 그 집의 유래를 간단히 설명했다.

"수십 년 전에는 이 근처에서 소를 불법 도축해, 항상 성성한 고기를 팔았는데 아직도 그러는지는 잘 모르겠다. 아마 지금은 단속 때문에 힘들겠지?"

마치 한술이 걸어온, 화려하면서도 힘들었던 인생을 얘기하는 것 같아 준욱은 고기 맛이 어떤지 전혀 느낄 수 없었고, 인숙 또한 눈물을 참으려는 듯 불판 위에 타고 있는 고기만 말없이 바라봤다. 어쩌면 마지막일지도 모를 그들의 식사는 그렇게 조용하고 짧게 마무리되는 듯했다.

"갈 때는 제가 운전할 테니, 한잔하세요."

'아차' 싶었지만 이미 늦었고, 준욱이 자신의 실수에 어쩔 줄 몰라 하자 인숙이 오늘 처음으로 입을 열었다.

"애야, 이제는 술 못 마신단다. 너도 술 많이 마시는 거 같은데 좀 자제해라."

인숙의 따뜻한 한마디에 준욱은 더욱 가슴이 아팠지만, 쓸데없는 오기 때문에 끝까지 슬픈 내색은 하지 않았다.

 술 마시는 사람이 없어서인지 식사 자리가 그리 길게 이어지지는 않았다. 계산을 마치고 식당을 나온 준욱은 십 년 동안 그래왔듯 한술에게 키를 받아 운전석 문을 열다가, 문득 자동차 앞 유리창에 붙은 장애인 스티커를 발견한 순간 비로소 참았던 눈물이 흘러내렸다.

39. 다른 자의 시선 — 2005

"형, 고생 많았어."
"응, 너희도 와줘서 고마워. 조의금이 약간 아쉽긴 했지만!"
　한술의 장례식이 끝난 후, 준욱은 처음으로 동생들과 사당동 샤부샤부집에서 답례의 술자리를 만들었다. 하필 이날 비가 와서 분위기가 그리 밝지는 않았지만, 어차피 웃고 떠들 상황도 아니었으니 오랜만에 그 미모의 아가씨 얼굴을 보는 것으로 다들 만족해했다.
"그렇게 원망하던 사람이 고인이 되셨으니, 이제 형 맘대로 세상 편하게 살 수 있겠네."
"야, 어두운 얘기는 그만하고. 내가 재밌는 이야기 하나 해줄게."
　다들 준욱의 눈치를 보느라 분위기가 가라앉을 듯해서, 상주였던 준욱이 먼저 분위기를 바꿨다.
"엄청난 바람둥이 남편이 죽었는데, 장례식 끝나고 부인이 남편 묘비 앞에서 뭐라고 했게?"
"…"
　답을 알더라도 대답할 상황은 아니었다.
"오늘 밤은 당신이 어디서 자고 있는지, 확실히 알겠네요!"

동생들은 준욱이 다시 제자리로 돌아온 것 같아 입가에 미소를 살짝 떠올렸다.

"하여튼 형은. 지금 그런 농담이 나와?"

"그러게, 미우나 고우나 이제 다 끝났으니 술이나 마시자."

오랜만에 셋이 건배를 한 후, 영재가 어른스럽게 한마디 했다.

"형은 나중에 꼭 결혼해서 형 같은 자식 둘만 낳아서, 고생 좀 진하게 해야 하는데."

"야, 내가 어때서? 그 정도 봉사했으면 충분한 거지!"

"그런 소리 하지 마. 알고 보면 형 아버님 같은 분도 없어!"

"헐, 이놈들 보소. 아직도 내가 제일 듣기 싫어하는 소릴 하네."

"형은 자신이 얼마나 복 받았는지 전혀 못 느끼니까, 내가 가까운 사례부터 차례로 알려줄게. 잘 들어!"

똑똑한 영재가 각을 잡고 준욱에게 설명하기 시작했다.

"이번에 아버님이 밤 10시쯤 돌아가셨지?"

"응, 아마 그쯤이었을 거야."

"그래서 장례식 하루는 건너뛰고 짧은 삼일장으로 마무리했고?"

"응, 그랬지. 사실상 2일장 치른 건 맞아."

"형 아버님이 국가 유공자라서 보훈병원에서 장례를 치른 후 바로 대전 국립묘지에 안장되셨고, 나중에 어머님이 돌아가시면 그곳에 합장도 가능한 거로 알고 있는데, 맞지?"

"아마 그렇겠지."

한술은 베트남전에서 많은 전공을 세워 정부로부터 두 개의 훈장을 받았는데, 그중 하나는 군인 최고의 명예인 무궁화 훈장이었다. 그래서 그는 자식들에게 독립운동가만큼이나 자랑스러운 국가 유공자이자 아버지였다. 그러나 당시 국가 유공자에 대한 혜택은 국립묘지 안장 외에 특별한 것이 없었기에, 준욱은 그 고마움을 평소에 잘 느끼지 못했다.

"형, 그것만 해도 자식으로서 엄청 복 받은 거야. 보통 사람들 같으면 장례 때 얼마나 정신없고 힘든지 알아? 특히나 아무 조짐도 없이 갑자기 부모님이 돌아가시면 진짜 난리가 나. 그리고 명절 때마다 그 차 막히는데 산소까지 찾아가야 하고 벌초까지 해야 해."

영재는 갑자기 자신 아버지의 초라한 장례가 생각났는지, 한숨을 한 번 내쉰 후 다시 말을 이었다.

"형! 대전 국립묘지 가봤잖아. 얼마나 웅장하고 깔끔하게 잘 만들었는지? 그리고 나라에서 일 년 내내 깨끗하게 관리해주고! 그런 곳에 자기 부모님이 계신다는 사실 자체가 진짜 가문의 영광이고 복 받은 거야!"

"응, 그 점은 나도 인정해."

영재는 여전히 성이 차지 않는 듯 계속해서 말을 이었다.

"그리고 아버님이 돌아가셨으니, 이제 어머니 앞으로 군인 연금이 나오겠지?"

"응, 지금 받는 돈의 절반쯤 나올 거야."

"현재 어머님이 살고 계신 아파트도 있고, 오래전부터 있었던 그 많던 부채도 얼마 전에 모두 갚았지?"

"…"

"여러 자식이 죽어라 해도 어려운 일을 형 아버님은 혼자서 다 해놓고 돌아가셨잖아? 솔직히 그 정도면 형은 삼년상을 해도 부족하지 않아. 난 형 아버님이 진짜 존경스러워!"

듣고 보니 한슬이 이제 홀로 남아 있는 인숙에 대한 부양 문제까지 모두 해결한 셈이라, 영재의 지적에 준욱은 고개를 숙였다.

"네 말 듣고 보니 정말 대단한 사람이긴 해. 딱 한 가지 아쉽다면 그렇게 남들에게 잘한 거 왜 우리 집안 식구들에게는 그토록 모질게 굴었을까?"

"그게 좀 이상하기는 한데, 어쨌든 형 아버님은 세상에 둘도 없는 분이야. 형이 복 받은 것도 확실하고!"

자신에게 고통이었던 시간을 오히려 복이라 말하는 동생들을 보며 준욱은 씁쓸하게 잔을 비웠다.

40. 잠시 스쳐 간 향기 — 2005

준욱이 어린 동생에게 따가운 훈계를 받고 있을 때, 마침 지나가던 그 예쁜 아가씨가 그들의 테이블 앞에서 반갑게 인사를 했다. 거의 일 년 이상 그 식당을 드나들었지만, 이런 일은 처음이었다.

"그때는 정말 감사했어요!"

준욱과 영재는 영문을 몰라 서로 얼굴을 쳐다보았고, 현우만이 뻘쭘하게 그 인사를 받았다. 성격 급한 준욱이 먼저 입을 열었다.

"그동안 무슨 일이 있었나요?"

"아~ 모르셨구나. 현우 님이 얼마 전에 저희 가게에서 동창회를 했어요. 가게 크기가 동창회 하기엔 좀 작은데 그날 40명이나 오셨고, 마침 오늘처럼 비가 와서 손님도 거의 없었는데, 그 동창회가 하루 매상을 다 올려주었어요."

"참나, 세상에 믿을 놈 하나도 없네."

"아니, 어차피 하는 동창회, 아는 사람 가게에서 해주면 좋잖아?"

"야, 인마! 그동안 통성명도 안 했는데 뭘 아는 사이야?"

준욱은 현우에게 면박을 주었지만, 그래도 그 덕에 그 아가씨와 이렇게 대화를 나눌 수 있어 그리 기분 나쁘지는 않았다.

"그나저나 오늘은 비가 와서 손님이 없네요?"

"네. 일요일인 데다 비까지 오니, 누가 이 밤에 샤부샤부집에 오겠어요? 다들 막걸리 생각나서 전집으로 가겠지요."

준욱은 가까이 서 있는 그녀의 명찰을 보고 드디어 그녀의 이름을 알게 되었다.

"근데 이름이 참 예쁘네요. 문정희! 거기서 점 하나만 빼면 예전 제 여자 친구 이름인데…"

현우가 물꼬를 텄으니, 준욱도 더 이상 눈치 볼 필요가 없었다.

"여자 친구분 이름이 아마 '문성희'였나 보네요. 제 큰언니도 문성희예요."

이때 영재가 옆에서 급하게 방어막을 쳤다.

"아니, 형! 정신 차려. 딱 봐도 나이 차가 10년은 더 나는데 또 뭔 수작을 걸려고 그래?"

그 말에 오히려 정희가 놀라며 말했다.

"그런가요? 큰언니랑 저랑도 나이 차가 많이 났어요. 10년!"

내리는 비 때문인지, 아니면 술기운 때문인지 준욱의 머릿속이 혼란스러워졌고, 영재는 직원 아가씨에게 평소에 궁금했던 것을 물어보았다.

"그런데 이 가게는 직접 차린 거예요? 아니면 알바예요?"

"제가 나이가 어리니 그게 궁금하실 만했겠네요. 사실 이 가게는 몇 년 전에 성희 언니가 직접 차렸는데, 갑자기 혼자서는 도저히 해결 못 할 일이 터져, 결국 홀로 먼 곳으로 이민 갔어요. 그래서 보다시피 제가 주인 행세를 하고 있죠."

그리고 정희는 평소에 사장처럼 여겨졌던 남자를 가리켰다.

"저기 저 남자는 제 대학교 동창이에요. 아무래도 술 파는 가게니, 남자 한 명은 있는 게 나을 것 같아서 제가 부탁했죠. 하하."

정희의 가벼운 눈웃음에 준욱은 머릿속에 엉켜 있던 실타래가 이제야 풀린 듯 조용히 입을 열었다.

"호주로 갔겠죠?"

그 말을 듣자 정희의 큰 눈이 더 커졌다.

"어? 진짜 성희 언니를 아시나 봐요! 아, 아니, 사귀었나 보네요!"

"형, 그만해! 이미 다 끝난 일이잖아. 이제 와 어쩌겠어?"

영재가 준욱을 말렸지만, 준욱은 멍하니 정희를 바라보며 떠나보낸 성희에 대한 아련한 감정을 억누르지 못하고 있었다. 분위기가 심각하게 돌아가자 영재와 현우는 급하게 자리를 접고 일어나려 했다. 그런데 정희가 준욱의 마음을 이해하는 듯이 청하지도 않은 술을 한 잔 따라주었다.

"언니, 지금 한국에 잠깐 들어와 있어요. 그리고 내일 오전 첫 비행기로 호주로 떠나요. 아마 이번에 가면 다시는 한국에 안 돌아올 거예요."

"…그동안 행복하게 살았다고 하던가요?"

"글쎄, 그렇다고는 말 못 하겠어요. 고국에서의 마지막 날 밤까지 굳이 성당에 미사드리러 가겠다는 걸 보니."

준욱은 혹시나 자신이 참지 못하고 바로 뛰쳐나갈 것 같아서, 그 성당이 어디인지는 끝내 물어보지 않았다.

그렇게 어색한 분위기 속에 술자리는 끝났고, 일행이 계산을 마치고 나가려는데 정희가 그동안의 사연이 안타까운 듯 준욱에게 마지막으로 한마디 했다.

"제가 이런 말 한다고 오해는 하지 말아주세요. 예전에 저희 엄마와 언니는 가업을 이어가는 문제로 참 많이 다투었어요. 그 때문에 언니가 집을 나간 적도 있었고요. 지금 앞에 서 계신 분은 아마 그때 만나고, 또 헤어졌을 거 같네요."

그리고 정희는 잠시 망설인 끝에 말을 이었다.

"언니는 엄마와 다툰 후에 화를 삭이려고 항상 엄마 회사 근처 큰 성당에 가서 기도하곤 했어요."

이 말의 의미를 준욱은 물론 두 동생도 바로 알아들었다. 하지만 아무도 먼저 말을 꺼내지 못할 정도로 무거운 침묵만이 흘렀다. 잠시 후 준욱과 동생들은 식당을 나왔고, 밤하늘에서는 아직도 비가 내리고 있었다.

"에이, 비는 왜 이렇게 오는 거야. 젠장! 형, 비 좀 그칠 때까지 3층 당구장 가서 딱 한 게임만 치고 가자. 형은 집에 가도 할 일도 없잖아?"

"그래, 그러자."

딱히 내키지는 않았지만, 준욱은 자기 때문에 분위기가 엉망이 된 것이 미안해 당구장을 향해 먼저 발걸음을 옮겼다.

일요일인 데다 비까지 와서인지 당구장엔 앳된 남자 두 명과 그 또래의 여자 한 명만이 있었다. 당구장에 처음 따라온 듯한 그 여자 손님은 신기한 듯 당구대 위를 굴러다니는 공에서 눈을 떼지 못했다.

"아~ 왜 이렇게 안 오는 거야? 배고픈데! 비가 와서 그런가?"

"원래 비 오는 날은 배달이 늦잖아! 그리고 이번 게임으로 게임비에 짜장면까지 똘똘 말아 모두 다 승부하는 거다!"

일부러 엿듣지 않아도 그들의 대화는 조용한 당구장을 가득 채웠고, 내기를 한 탓인지 두 남자는 한 큐 한 큐에 집중했다.

"우리도 뭐 걸어야지? 2차 술값 내기는 어때?"

"당연하지, 내기를 안 할 거면 무슨 재미로 당구를 치겠어? 차라리 공부를 하지!"

정신이 나간 듯한 준욱과 달리, 동생들은 내기라는 소리에 눈빛이 반짝이기 시작했다. 그때 마침 비옷을 입은 배달원이 비가 와서 짜증이 난다는 듯 은색 철가방을 들고 요란하게 당구장에 들어와, 비닐 랩에 싸인 짜장면을 그들 테이블에 내려놓고 나갔다.

"오빠, 나 당구장에서 짜장면 처음 먹어봐! 이게 정말 그렇게 맛있다면서?"

"응, 너 오늘 진짜 신세계를 맛볼 거야!"

건너편 세 남녀가 짜장면 그릇의 랩을 벗기자 달콤한 짜장 향이 바로 당구장 안을 가득 채웠고 방금 샤부샤부를 먹고 온 동생들조차 그 매혹적인 향에 코가 다 씰룩거릴 정도였다.

"아, 씨! 딱 한 젓가락만 얻어먹고 싶네!"

현우가 실없는 농담을 했지만, 받아주는 사람은 없었다. 영재가 간발의 차이로 공을 놓치자, 다음 차례인 준욱이 큐대를 들고 멀리 있는 공을 치기 위해 당구대 위에 살짝 엎드렸다. 그리고 습관처럼 가늘게 눈을 뜨고 흰색 공을 가늠하자, 반대편에 당구장에서 짜장면을 처음 맛본다는 그 여자 손님이 희미하게 시야에 들어왔다.

"형, 뭐 해? 빨리 안 쳐?"

준욱은 한참을 그러고 있었다.

"응, 자신 없으면 기권도 받아줄게, 형!"

영재의 다그침에 준욱은 그 여자 손님을 보지 않으려 억지로 고개를 돌리고 눈도 감아보려 했지만, 그럴수록 더 선명하게 떠오르는 성희의 얼굴을 지울 수가 없었다.

'그래, 난 바보야.'

준욱은 큐대를 조용히 당구대 위에 내려놓고 몸을 일으켰다.

"미안. 나 급히 가볼 데가 있어."

준욱은 동생들이 무슨 대꾸를 하기도 전에 우산 하나를 집어 들고 급하게 당구장을 나왔다. 밖은 아직도 비가 그치지 않았고 사당동 골목은 취객들로 가득했지만, 준욱은 그 사람들 사이를 헤치며 바삐 지하철역으로 걸어갔다. 가늘게 내리는 빗속에서 시야를 가리는 우산 탓인지, 아니면 급한 마음 때문인지 어깨와 어깨가 자꾸 부딪혀 발걸음을 느리게 했다.

'빨리 가야 해, 바보야! 오늘이 마지막 날이라잖아!'

어느덧 준욱은 거추장스러운 우산을 집어던지고 비를 맞으며 뛰기 시작했다. 그의 눈가엔 차가운 빗속에서도 뜨거운 눈물이 뺨을 타고 흘러내렸다. 지하철역 입구에 다다른 그의 흐릿한 시선에 문 닫을 준비를 하는 작은 꽃가게가 보였다.

'팔리지 않은 저 장미도 아마 오늘이 마지막 날이겠네.'

준욱은 그녀가 그의 첫 가출 때 뿌리고 나온 향수의 장미 향을 떠올렸다. 그녀가 그리울 때마다 그 향기를 잊지 않으려고 15년 동안 간직한 그 향수는 아직도 그의 방 책상 속에 있었다.

'Eternity…'

이제 계단만 내려가면 명동행 지하철을 타고 그녀에게 갈 수 있지만, 준욱은 마치 족쇄에 묶인 듯 계단에 서서 한참을 서성이다가 결국 당구장 쪽으로 다시 발걸음을 돌렸다.

'가서 뭐라 할 건데? 내가 지금 그녀에게 뭘 해줄 수 있는데?'

현실은 내리는 비만큼이나 차가웠다. 준욱은 지금 작은 고양이 한 마리 거둘 형편이 안 되었다. 그렇게 슬픈 발걸음으로 돌아가는 그에게는 이제 아무 모습도, 아무 향기도, 아무 추억도 떠오르지 않았다. 그저 길가 카페의 조용한 음악만이 귓가를 맴돌았다.

'How do I love, how do I love again…'

41. 사십구재 — 2005

만약 동생들과의 그 술자리가 없었다면, 준욱은 한술의 사십구재에 참석하지 않았을 것이다. 평생 가족 행사의 소중함을 모르고 살아온 그에게 그런 우울한 자리를 일부러 찾아간다는 것은 그의 성격상 매우 어색한 일이었다.

"그래, 잘 왔다."

대전 현충원 입구에서 인숙과 한술의 두 딸, 선경과 선혜가 준욱을 따뜻하게 반겨주었다.

"빈손으로 왔는데, 뭘 좀 사 갈까?"

"아니다, 내가 다 준비했으니 그냥 들어가자."

인숙이 집에서부터 추모 꽃다발과 제를 올릴 과일, 술 등을 미리 다 준비해 왔기 때문에 그들은 말없이 그녀를 따라 대전 국립묘지 안으로 들어갔다.

입구에 들어서며 가족들이 처음으로 느낀 감정은 세상의 소란함으로부터 격리된 평화로움이었다. 그곳은 국가 유공자들을 위한 공간답게 철저하게 관리되어 있었으며, 고요하고 엄숙한 분위기가 잔잔하게 퍼져 있었다. 넓게 펼쳐진 잔디 위에는 일렬로 정돈된 묘비들이 조용히 서 있었고, 멀리서 병풍처럼 이곳 현충원을 감싸고 있는 계룡산은 이 묘지에 잠든 수많은 영령을 지키는 든든한 수호자처럼 느껴졌다.

이미 몇 번이나 이곳을 방문한 인숙을 따라 가족들은 한술의 묘지로 천천히 걸음을 옮겼고, 가는 길에 보이는 묘소마다 꽃병과 헌화들이 잘 정돈되어 있었다.

"조용하고 참 좋지 않니?"

평소 말이 거의 없는 인숙이 먼저 입을 열었다.

"난 이곳에만 오면 마음이 편안해져서, 네 아버지가 딴 건 몰라도 이곳에 오게 된 건 정말 우리에게 축복인 것 같더라."

큰딸 선경과 작은딸 선혜도 그 말에 동의했다.

"정말이야! 엄마. 나도 친구들 장례식에 몇 번 가봤는데, 국립묘지에 안장하는 거 한 번도 못 봤어. 그동안 아버지 욕만 했는데 이렇게 대단한 사람인 줄 이제 알았다니까!"

"저기 묘비랑 헌화한 꽃들 봐! 먼지 하나 없이 깨끗하잖아? 우리 아버지 살아서는 그렇게 고생하시더니, 죽어서 완전히 호강하시네!"

듣고 있던 준욱도 조심스럽게 말문을 열었다.

"엄마도 눈 감으면 이곳으로 올 텐데, 합장하는 거 괜찮아? 저승가서 쉬지도 못하고 또 맨날 아버지 술상만 차리는 거 아냐?"

"애야, 그런 말 마라. 지나고 나서 생각해보니까 밤늦게 들어와 술상 차리라고 소리칠 때가 더 그 양반다웠지, 아파서 술도 못 마시는 걸 보니 내가 다 가슴이 아프더라."

인숙도 이제 한술의 그늘에서 벗어난 터라 예전보다 성격이 많이 밝아졌다. 가족들은 어느덧 그의 묘비 앞에 다다랐고 인숙은 묘비를 받치고 있는 작은 제단에 가져온 과일과 술잔을 가지런히 놓았다.

"준욱아, 네가 술 한잔 올려라."

"아니, 엄마가 대표로 올려. 우리 집 식구들, 술이라면 아주 지긋지긋하잖아!"

말은 그렇게 했지만, 사실 준욱은 하루라도 술을 안 마시는 날이 없었다. 인숙은 무릎을 꿇고 앉아서 술잔에 청주를 따랐다.

"엄마! 그만, 넘치잖아!"

술은 이미 잔을 넘쳐 작은 제단을 적시기 시작했지만, 인숙은 계속 술을 채우며 슬픈 목소리로 말했다.

"아이고, 이 양반아! 그동안 얼마나 이 술이 마시고 싶었어? 오늘 원 없이 마셔보구려."

준욱은 인숙의 그런 모습에 더 이상 참을 수가 없어 묘비를 잠시 벗어나 주변을 맴돌았다. 누나들의 울음소리도 들을 자신이 없었다. 몇 분의 시간이 흐른 후, 인숙의 어깨가 더 이상 들썩이지 않는 것을 확인하고서야 준욱은 한술의 묘비로 다시 다가섰다.

"야, 난 우리 엄마가 아버지를 이렇게 그리워하는 줄 처음 알았네. 하하."

준욱이 웃음을 기대하고 한 말은 아니었지만, 덕분에 그의 누나들 얼굴도 조금 밝아졌다. 준욱은 흘러넘칠 것 같았던 술잔을 깨끗이 비우고 새로이 술잔을 채웠다.

"엄마, 내가 자주는 못 와도 일 년에 한 번은 꼭 올게."

"그래, 생각 잘했다. 꼭 기일에 맞춰 안 와도 되고, 또 나와 같이 안 와도 되니, 너 혼자라도 가끔 찾아오려무나."

한술의 집안은 워낙 가족 행사가 드물다 보니, 준욱은 일 년에 한 번 묘비에 인사치레하러 오는 것조차 고맙다는 말을 정숙에게 들을 수 있었다.

"춥고 더운 날 피해서 봄, 가을에 나랑 엄마랑 번갈아 오면 되겠네."

"그러자꾸나, 고맙다! 네 아버지 기일은 내가 꼭 챙길 테니 넌 그냥 오고 싶을 때 와."

"알았어, 엄마! 나도 자식인데, 그 정도는 해야지."

준욱은 기약 없는 약속을 했고, 인숙은 자리에서 일어나기 전에 손수건을 꺼내 묘비를 정성껏 닦아주었다. 묘비는 만든 지 얼마 되지 않아 깨끗한 상태였지만, 그냥 일어서기가 아쉬웠던 것 같았다.

'육군 중령 강한술의 묘, 1934년 7월 11일 대구 달성 출생'

검은 먹으로 새겨진 이 글씨가 한술이 이 세상에 남긴 마지막 흔적이었다.

42. 세상에 둘도 없는 — 2005

묘지를 떠나기 전, 마지막 인사를 할 시간이었다. 제단을 깨끗이 정리한 인숙이 먼저 입을 열었다.

"지금 가면 내년에나 다시 올 테니 마지막으로 인사나 드려라."

"아버지, 내년에 또 올게요. 편히 쉬세요!"

선경에 이어 선혜도 마지막 인사를 올렸다.

"아버지 덕분에 엄마도 편하게 지내니, 이제 더 이상 아버지 원망하지 않을게요."

"넌 마지막으로 할 말 없니?" 인숙이 준욱에게 물었다.

"누나들이 이미 다 했잖아."

얼마 전까지 그렇게 미워했던 사람이 명을 달리하니 시원섭섭하다는 감정이 어울릴 듯했으나, 준욱은 어머니를 생각해서 입을 닫았다. 인숙은 떠나기가 서운했는지 마지막으로 묘비에 손을 얹었다.

"우리 갑니다. 잘 계세요! 그렇게 좋아하는 술도 이제 못 마시고, 어쩌나…"

한술의 가족들은 인사를 올린 후, 이제는 발걸음이 무거운 인숙을 앞질러 딸들이 먼저 앞장을 섰다. 말없이 누워 있는 국가 유공자들의 묘비명을 하나씩 되새기며 걸어가던 딸들이 무언가를 발견한 듯 다시 인숙에게 돌아와 밝게 웃으며 말했다.

"엄마! 아버지 외롭지 않을 테니까 걱정하지 마! 이미 술상도 다 차린 거 같은데?"

"뭐, 그게 무슨 소리니?"

인숙의 눈이 둥그레졌다.

"여기 봐! 소주도 있고 만두도 있어. 아마 찾아보면 더 있을 것 같은데!"

준욱도 그게 무슨 말인가 싶어 누나들이 가리키는 묘비로 눈길을 돌렸다.

'육군 중위 김소주', '육군 소령 고만두'

누나들의 말대로 그곳에는 어느새 한술의 술상이 차려져 있었고, 아마 영혼의 안식처에서 새로운 전우들을 만난 듯했다. 그리고 한술은 이미 자신의 이름 속에 늘 독주 한 병을 간직한 채 험난한 인생을 살아왔었다.

"하하, 네 아버지는 진짜 세상에 둘도 없는 사람 맞나 보구나!"

인숙은 더 슬퍼하지 않고 웃으며 딸들의 손을 잡았다.

글을 마치며

사십구재를 마치고 나오며 나는 어머니에게 묻고 싶은 말이 하나 있었는데 혹시 상처를 줄까 싶어 차마 그날은 묻지 못했고 나중에 누나들을 통해 그 사연을 알게 되었다.

아버지 유품을 정리하다 발견한, 흰 봉투 속에 담긴 미화 1,000달러 그 돈의 의미….

아버지는 돌아가시기 한 달 전 마지막으로 다시 병원을 찾았지만 역시 치료를 거부당하고 힘없이 돌아서야만 하셨다. 마지막 희망마저 사라져 실망이 컸던 아버지는 태어나 처음으로 누군가에게 청탁하려고 100만 원을 은행에서 찾아 나이 어린 의사를 붙잡고 치료해달라고 매달리고 싶었으나 성격상 차마 그럴 수 없었다.

결국, 아버지는 그 돈을 고스란히 주머니 속에 넣고 병원 로비 차가운 의자에 앉아 한참을 멍하니 시간을 보내다 혹시 달러로 건넨다면 조금이라도 낫지 않을까 하는 생각에 1,000달러를 마련한 것이다.

그러나 그 1,000달러는 끝내 의사에게 전달되지 못했다.

처음에는 아버지에 대한 원망으로 이 글을 쓰기 시작했지만 글을 쓰는 동안 얼마나 많은 눈물을 흘렸는지 모른다.

이제 나는 이 글을 마지막으로 더 이상 아버지를 미워하지 않으려 한다.
지금까지 잘못 생각했던 나 자신이 너무 부끄럽고, 결국 아버지를 넘어설 수 없다는 것을 깨달았기 때문이다.

2024년 9월
오세영